# O PLANETA DO EXÍLIO

# URSULA K. LE GUIN

# O PLANETA DO EXÍLIO

# URSULA K. LE GUIN

Coleção
Ciclo Hainish

Tradução
Marcia Men

MORROBRANCO
EDITORA

# O Planeta do Exílio



MORRO BRANCO é uma editora do Grupo Editorial Alta Books (Starlin Alta Editora e Consultoria Ltda.)



ISBN: 978-65-6099-059-3

*Translated from original Lavinia. Copyright © 1966 by Ursula K. Le Guin. ISBN 9781250781260. This translation is published and sold by arrangement with Tassy Barham Associates and Ginger Clark Literary, LLC., the owner of all rights to publish and sell the same. PORTUGUESE language edition published by Starlin Alta Editora e Consultoria Ltda., Copyright © 2025 by Starlin Alta Editora e Consultoria Ltda.*

Impresso no Brasil — 1ª Edição, 2025 — Edição revisada conforme o Acordo Ortográfico da Língua Portuguesa de 2009.

Dados Internacionais de Catalogação na Publicação (CIP)
**(BENITEZ Catalogação Ass. Editorial, MS, Brasil)**

G964p
1.ed. Guin, Ursúla K. Le
O planeta do exílio / Ursúla K. Le Guin ; tradução Marcia Men. - 1.ed. - Rio de Janeiro : Morro Branco, 2025.
160 p.; 13,5 x 21 cm.

Título original: Planet of exile.
ISBN 978-65-6099-059-3

1. Ficção de fantasia. I. Men, Marcia. II. Título.

04-2025/156 CDD 813.5

**Índice para catálogo sistemático:**
1. Ficção de fantasia : Literatura norte-americana 813.5
**Aline Graziele Benitez - Bibliotecária - CRB-1/3129**



**Produção Editorial:** Grupo Editorial Alta Books
**Diretor Editorial:** Anderson Vieira
**Vendas Governamentais:** Cristiane Mutüs
**Gerência Comercial:** Claudio Lima

**Coordenadora Editorial:** Illysabelle Trajano
**Produtora Editorial:** Luana Maura
**Tradução:** Marcia Men
**Copidesque:** Nathalia Marques
**Revisão:** Ellen Andrade
**Diagramação:** Diego Santos

ALTA BOOKS
GRUPO EDITORIAL

Rua Viúva Cláudio, 291 — Bairro Industrial do Jacaré
CEP: 20.970-031 — Rio de Janeiro (RJ)
Tels.: (21) 3278-8069 / 3278-8419
**www.altabooks.com.br** — altabooks@altabooks.com.br
**Ouvidoria:** ouvidoria@altabooks.com.br

Editora **afiliada à:**

ASSOCIADO

*Este livro é dedicado à memória de Cele Lalli,*

*Don Wollheim e Terry Carr.*

# INTRODUÇÃO A

# *O PLANETA DO EXÍLIO*

## *Ursula K. Le Guin*

## (1978)

Todos os autores de ficção científica ouvem com uma regularidade maravilhosa a pergunta: "De onde você tira suas ideias?". Nenhum de nós sabe o que responder, exceto Harlan Ellison, que responde claramente: "Schenectady!".

A pergunta virou piada, até um cartum na revista *New Yorker;* e no entanto, geralmente é feita com sinceridade, até mesmo anseio; não era para ser uma pergunta idiota. O problema com ela, o motivo pelo qual a única resposta possível é "Schenectady", é que esta não é a pergunta certa; e não existem respostas certas para perguntas erradas — como testemunham as obras daqueles que tentaram descobrir as propriedades do flogisto. Às vezes, o problema é meramente uma questão de um fraseamento vago; o que a pessoa perguntando quer saber, na verdade, é "Na sua ficção científica, você tira a ciência de saber ou ler sobre ciência?". (R: Sim.) Ou: "Autores de ficção científica roubam ideias uns dos outros?". (R: Constantemente.) Ou: "A ação nos seus livros vem de você ter vivido todas as experiências que seus personagens vivem?". (R: Deus me livre!) Mas, às vezes, as pessoas perguntando não conseguem especificar; elas simplesmente se viram e dizem, bom, tipo, sabe como é... e aí desconfio que o que estão realmente tentando dizer é algo complexo, difícil e importante: elas estão tentando compreender a imaginação, como ela funciona, como um artista a utiliza ou é utilizado por ela. Sabemos tão pouco sobre a imaginação que não conseguimos nem fazer as perguntas certas a respeito dela, quanto mais dar as respostas certas. As molas da criação continuam insondadas pela mais sábia psicologia; e um artista com frequência é a última pessoa a dizer algo compreensível sobre o processo de criação. Embora ninguém mais tenha dito muito que faça sentido. Acho que o melhor ponto de partida está em Schenectady, lendo Keats.

Em anos recentes, eu (e apenas eu, nesse caso) sempre recebo uma segunda pergunta: "Por que você escreve tanto sobre homens?".

Essa nunca é uma pergunta idiota. Também não é uma pergunta errada, de forma alguma, apesar de às vezes haver um viés nela que torne difícil responder diretamente. Há mulheres em meus livros e histórias e, com frequência, elas são as protagonistas ou as personagens cuja perspectiva é central; portanto, se as pessoas perguntam "Por que você sempre escreve sobre homens?", respondo: "Eu não escrevo", e digo isso um tanto zangada, porque a pergunta, quando colocada nesses termos, é ao mesmo tempo acusatória e imprecisa. Posso lidar com um pouco de acusação ou um pouco de imprecisão, mas a combinação é um veneno.

Porém, mais uma vez, e ainda, seja lá como a pergunta é fraseada, o que ela traz à tona é uma preocupação real e urgente. Uma resposta leviana é detestável; uma resposta breve é impossível.

*O Planeta do Exílio* foi escrito em 1963-4, antes de o feminismo despertar de sua paralisia de trinta anos. O livro exibe meu jeito inicial, "natural" (leia-se alegremente aculturado), adormecido, com inconsciente ainda não elevado de lidar com personagens masculinos e femininos. Naquela época, eu podia dizer com a consciência perfeitamente limpa, até autocongratulatória, que eu simplesmente não me importava se meus personagens eram masculinos ou femininos, desde que fossem humanos. Por que diabos uma mulher tem que escrever apenas sobre mulheres? Eu era despretensiosa, sem nenhum senso de obrigação; portanto, autoconfiante, nada experimental, alegremente convencional.

A história começa com Rolery, mas logo o ponto de vista muda para Jakob e para Wold, e depois volta para Rolery, e então sai dela de novo: é uma história com pontos de vista alternados. Os homens são mais explicitamente ativos e muito mais articulados. Rolery, uma mulher jovem e inexperiente em uma cultura rigidamente tradicional e de supremacia masculina, não luta, não inicia encontros sexuais, não se torna uma líder da sociedade, nem assume qualquer outro papel que, na cultura dela, ou na nossa de 1964, seria rotulada como "masculina". Ela é, entretanto, uma rebelde, tanto social quanto sexualmente. Embora seu comportamento não seja agressivo, seu desejo por liberdade a leva a sair totalmente dos moldes de sua cultura: ela se transforma inteiramente, aliando-se com um eu alienígena. Ela escolhe o Outro. Essa pequena rebelião pessoal, vinda em um momento crucial, desencadeia eventos que levam à mudança completa e à reconstrução de duas culturas e sociedades.

Jakob é o herói, ativo, articulado, correndo por aí lutando bravamente e governando diligentemente; todavia, a pessoa central a colocar em movimento os eventos do livro, a *pessoa que escolhe* é, na verdade, Rolery. O taoísmo chegou a mim antes do feminismo moderno. Onde alguns podem enxergar apenas um Herói dominante e uma Mulherzinha passiva, eu enxerguei, e ainda enxergo, o desperdício essencial e a futilidade da agressão e a profunda eficácia de *wu wei*, "ação por meio da imobilidade".

Tudo muito bem; ainda assim, permanece o fato de que, neste livro, assim como na maioria dos meus outros livros, os homens fazem a maior parte das ações, nos dois sentidos da palavra, e assim tendem a ocupar o centro do palco. Eu "não me importava" se meu protagonista era homem ou mulher; bem, essa despreocupação é um descuido culposo. Os homens tomam conta.

Por que alguém permite isso? Bem, é muito mais fácil escrever sobre homens fazendo coisas, porque a maioria dos livros sobre pessoas fazendo coisas falam de homens, e essa é a tradição literária da pessoa… e porque, como mulher, a pessoa provavelmente não fez muito no sentido de lutar, estuprar, governar etc., mas observou homens fazerem essas coisas… e porque, como Virginia Woolf apontou, a prosa inglesa é inadequada à descrição do feminino sendo e fazendo, a menos que a pessoa, até certo ponto, a refaça do zero. É difícil romper com a tradição; difícil inventar; difícil refazer sua língua materna. A pessoa acaba seguindo a maré e pegando a saída fácil. Nada pode animar alguém a ir contra a maré, a optar pela saída mais difícil, exceto uma consciência profundamente agitada e provavelmente raivosa.

Mas a consciência *deve estar* raivosa. Se ela tentar argumentar consigo mesma para chegar à raiva, produzirá apenas culpa, que sufoca o regato da criação na fonte.

Eu, com frequência, sou muito raivosa enquanto mulher. Minha raiva feminista é um elemento, uma parte, da fúria e do medo que me arrebatam quando encaro o que estamos todos fazendo uns aos outros, à terra, e à esperança de liberdade e vida. Eu ainda "não me importo" se as pessoas são homens ou mulheres quando elas são todos nós e todas as nossas crianças. Uma alma aprisionada injustamente, devo eu perguntar qual é seu sexo? Uma criança passando fome, devo perguntar qual é seu sexo?

A resposta de algumas feministas radicais é sim. Aceita a premissa de que a raiz de *toda* injustiça, exploração e agressão cega é a injustiça com base no sexo, essa postura faz sentido. Eu não posso aceitar a premissa; logo, não posso agir com base nela. Se eu me forçasse a isso — e minha forma de agir é escrever —, eu escreveria mal e desonestamente. Devo sacrificar o ideal de verdade e beleza para poder provar um argumento ideológico?

Novamente, a resposta das feministas radicais pode ser sim. Apesar de essa resposta ser às vezes idêntica à voz do Censor, falando meramente a favor da intolerância autoritária ou fanática, ela pode não ser: pode falar a serviço do ideal em si. Para construir, é preciso acabar com o antigo. A geração que precisa colocar isso em prática tem toda a dor da destruição e pouco da alegria da criação. A coragem que aceita essa tarefa e toda a ingratidão e o opróbrio que a acompanham está além de qualquer elogio.

Mas isso não pode ser forçado ou falsificado. Se for forçado, leva apenas a rancor e autodestruição; se for falsificado, leva ao Feminismo Chic, o sucessor do Radical Chic. Uma coisa é sacrificar a realização em nome de um ideal; outra é suprimir o pensamento claro e o sentimento honesto em nome de uma ideologia. Uma ideologia só tem méritos quando é usada para *intensificar* a claridade e a honestidade de pensamento e sentimento.

A ideologia feminista tem tido um mérito imenso para mim nesse aspecto. Ela forçou a mim e a todas as mulheres pensantes desta geração a se conhecerem melhor; a separarem, amiúde muito dolorosamente, aquilo que realmente pensamos e acreditamos de todas as "verdades" e "fatos" fáceis que nos foram ensinados (subliminarmente) sobre ser homem, ser mulher, os papéis de cada sexo, fisiologia e psicologia femininas, responsabilidade sexual etc., etc. Com muita frequência descobrimos que *não tínhamos* uma opinião ou crença próprias, mas que havíamos simplesmente incorporado os dogmas de nossa sociedade; assim, precisamos descobrir, inventar, construir nossas próprias verdades, nossos valores, nós mesmas.

Essa reconstrução da mulher em si é uma liberação e um alívio para aquelas que querem e precisam do apoio de um grupo, ou aquelas cuja condição feminina foi sistematicamente insultada, degradada, explorada na infância, no casamento e no trabalho. Para outras, como eu, cujo grupo de pares não serve como lar e que não foram alienadas de seu próprio existir-enquanto-mulheres, essa tarefa de autoanálise e autoparto não vem com facilidade. "Eu gosto de mulheres; eu gosto de mim mesma; por que bagunçar tudo isso?" — "Eu *não me importo* se eles são homens ou mulheres." — "Por que diabos uma mulher tem que escrever apenas sobre mulheres?" Todas essas perguntas são válidas; nenhuma tem uma resposta fácil; mas elas devem, agora, serem *perguntadas e respondidas.* Uma ativista política pode tirar suas respostas da ideologia corrente em seu movimento, mas uma artista precisa desencavar essas respostas em si mesma, e continuar escavando até saber que chegou o mais próximo possível da verdade.

Eu continuo escavando. Uso as ferramentas do feminismo e tento descobrir o que me faz trabalhar e como trabalho, de modo que eu não trabalhe mais na ignorância ou com irresponsabilidade. Não é um negócio curto ou fácil; a pessoa está apalpando no escuro da mente e do corpo, bem, bem longe de Schenectady. Como sabemos realmente pouco sobre nós mesmos, sejamos mulheres ou homens!

Uma coisa que percebi é que a "pessoa" sobre quem costumo escrever com frequência não é exatamente, ou não totalmente, nem homem nem mulher. No nível superficial, isso quer dizer que há poucos estereótipos sexuais — os homens não são lascivos e as mulheres não são lindas — e o sexo em si é visto como *um relacionamento, em vez de um ato.* Sexo serve principalmente para definir gênero, e o gênero da pessoa não é esgotado, nem sequer abordado devidamente, pelo rótulo "homem" ou "mulher". Na realidade, tanto sexo quanto gênero parecem ser usados principalmente para definir o significado de "pessoa", ou de "si mesmo". Certa vez, quando comecei a despertar, eu fechei o relacionamento em uma pessoa, um ser andrógino. Mas com mais frequência ele aparece de maneira convencional e aberta como um casal. Os dois em um, ou dois formando um todo. Yin não ocorre sem yang, nem yang sem yin. Uma vez me perguntaram qual eu julgava ser o tema central e constante em meu trabalho, e eu respondi espontaneamente: "Casamento".

Eu ainda não escrevi um livro digno desse tema formidável (e assombrosamente fora de moda). Ainda não descobri o que eu quis dizer. Mas relendo essa descontraída história inicial de aventura, acho que o tema está lá — não claro, não forte, mas se empenhando nesse sentido. "Eu aprendo à medida que vou aonde tenho que ir."

# I.

# UM PUNHADO DE ESCURIDÃO

Nos últimos dias da última fase lunar do outono, um vento soprou vindo das faixas ao norte atravessando as florestas moribundas de Askatevar, um vento frio cheirando à fumaça e neve. Rápida e furtiva como um animal selvagem em suas peles leves, a jovem Rolery deslizava pelas árvores, através da tormenta de folhas mortas, para longe das muralhas que, pedra a pedra, elevavam-se na encosta de Tevar e dos campos ocupados com a última colheita. Ela ia sozinha e ninguém a procurava. Seguia por uma vereda meio apagada que levava para o oeste, marcada e remarcada por sulcos feitos pelos raizpés que seguiam para o sul, obstruída em alguns pontos por troncos caídos ou montes imensos de folhas.

Onde a vereda se bifurcava no sopé da Cordilheira Fronteiriça, ela seguiu em linha reta, porém antes que desse dez passos, virou-se rapidamente em direção a um farfalhar pulsante que se aproximava por trás.

Um mensageiro vinha pela trilha do norte, os pés descalços batendo na maré de folhas, o longo cordão que prendia seu cabelo açoitando atrás dele. Do norte ele vinha em um ritmo constante, forte, de tirar o fôlego, e nem sequer olhou de relance para Rolery em meio às árvores; passou pisando ruidosamente por ela e se foi. O vento o empurrava em seu caminho para Tevar com suas notícias — tempestade, desastre, inverno, guerra... Desinteressada, Rolery se virou e continuou em sua própria trilha evasiva, que ziguezagueava para cima por entre os grandes troncos mortos e gementes até que, finalmente, no topo da cordilheira, ela viu o céu irromper claro diante de si e, sob o céu, o mar.

A floresta morta tinha sido desmatada na face oeste da cordilheira. Sentada ao abrigo de um toco enorme, ela podia olhar para o oeste remoto e radiante, as infindáveis vastidões cinzentas da planície de maré e, um pouco abaixo e à sua direita, murada e com telhados vermelhos sobre suas falésias, a cidade dos distantinos.

Casas altas de pedra, pintadas de cores vivas, amontoavam-se janela sob janela e telhado sob telhado, descendo pelo declive do rochedo até a beirada. Do lado de fora das muralhas e embaixo dos penhascos, no ponto em que eles eram mais baixos, ao sul da cidade, havia quilômetros de pastagem e campos de cultivo, todos cercados por terraços e diques, organizados como carpetes padronizados. Da muralha da cidade, à beira do penhasco, sobre diques e dunas e se estendendo por quase um quilômetro pela praia e as areias brilhantes e escorregadias da maré, sobre imensos arcos de pedra havia um passadiço conectando a cidade a uma estranha ilha preta entre as areias. Uma roca se sobressaía, preta e sombreada sobre as planícies lisas e reluzentes das areias, uma rocha sombria e obstinada, com o topo arqueado e elevado, uma escultura mais fantástica do que o vento ou o mar conseguiriam fazer. Seria uma casa, uma estátua, um forte, um dólmen fúnebre? Que habilidade sombria o esvaziara e construíra a ponte inacreditável, nos tempos remotos em que os distantinos eram poderosos e guerreavam? Rolery nunca dera muita atenção às vagas lendas de bruxaria que acompanhavam tais menções aos distantinos, mas agora, olhando para aquele lugar escuro nas areias, via que ele era estranho — a primeira coisa verdadeiramente estranha que ela já vira: construída em um tempo passado que não tinha nada a ver com ela, por mãos que não eram de carne e osso aparentados, imaginada por mentes alienígenas. Era sinistra, e a atraía. Fascinada, ela observou uma figura minúscula que caminhava naquele passadiço elevado, tornada pequena por sua grande altura e extensão, um pontinho ou pincelada de escuridão se arrastando para até as torres escuras em meio às areias brilhantes.

O vento ali era menos frio; a luz do sol cintilava através das fendas nas nuvens no vasto oeste, dourando as ruas e telhados abaixo dela. A cidade a atraía com sua estranheza, e sem pausar para reunir coragem ou determinação, imprudente, Rolery desceu a encosta de forma leve e rápida e entrou pelo portão alto.

Dentro, ela caminhou mais leve do que nunca, descuidada e determinada, mas isso se devia principalmente ao orgulho: seu coração batia forte enquanto seguia as pedras cinzas e perfeitamente achatadas da rua estranha. Ela olhava apressadamente de um lado para o outro, para as casas altas, todas construídas acima do nível da rua, com telhados pontiagudos e janelas de pedra transparente — então aquela lenda era verdade! —, nos estreitos terrenos vazios defronte a algumas casas, havia kellem de folhas coloridas, e trepadeiras hadun, escarlates e alaranjadas, escalavam as paredes pintadas de azul ou verde, vívidas em meio ao cinza e à monotonia da paisagem outonal. Perto do portão leste, muitas das casas estavam vazias, as cores desbotando e descascando das pedras, as janelas cintilantes ausentes. Porém, um pouco mais adiante nas ruas e degraus, as casas eram habitadas, e ela começou a passar por distantinos na rua.

Eles a encaravam. Rolery tinha ouvido falar que distantinos olhavam as pessoas diretamente nos olhos, mas não quis colocar essa história à prova. Pelo menos nenhum deles a parou; suas roupas não eram diferentes das deles, e alguns, ela viu em seus lampejos rápidos, não tinham a pele muito mais escura do que os homens. Mas mesmo nos rostos que ela não mirou diretamente, pôde sentir a escuridão sobrenatural dos olhos.

De súbito, a rua em que ela caminhava terminou em um local aberto, espaçoso e nivelado, todo raiado em dourado e sombras pelo sol poente. Quatro casas se erguiam em volta desta praça, casas do tamanho de pequenas colinas, suas fachadas com grandes fileiras de arcos e, acima deles, pedras cinza e transparentes se alternando. Somente quatro ruas levavam até esta praça, e cada uma delas podia ser fechada com um portão que se abria a partir das paredes dos quatro casarões; então, a praça era uma fortaleza dentro de uma fortaleza, ou uma cidade dentro de uma cidade. Elevando-se acima de todas as outras construções, uma parte de um dos edifícios erguia-se diretamente no ar e se assomava ali, brilhando sob a luz do sol.

Era um lugar imponente, mas quase vazio de gente.

Em um canto arenoso da praça, grande como um campo, alguns meninos distantinos brincavam. Dois jovens estavam engajados em uma luta feroz e hábil, e uma porção de meninos mais novos em casacos acolchoados e gorros praticavam golpes e contra-ataques com espadas de madeira com a mesma ferocidade. Os lutadores eram maravilhosos de se assistir, tecendo uma dança lenta e perigosa em torno um do outro, para em seguida engajar com uma graça repentina e ágil. Junto com um par de distantinos, altos e silenciosos em suas peles, Rolery ficou observando. Quando de repente o lutador maior saiu voando de cabeça para baixo, aterrissando no chão sobre as costas musculosas, ela ofegou, e o som coincidiu com o dele, e então riu com surpresa e admiração.

— Bom arremesso, Jonkendy! — gritou um distantino perto dela, e uma mulher do outro lado da arena bateu palmas. Alheios, absortos, os meninos mais novos continuaram lutando, desferindo, bloqueando e desviando golpes.

Ela não sabia que os bruxos criavam guerreiros, ou que valorizavam a força e a habilidade. Embora tivesse ouvido falar da luta deles, sempre os imaginara vagamente encurvados e semelhantes a aranhas em uma toca lúgubre sobre uma roda de oleiro, fazendo as delicadas peças de cerâmica e pedraclara que acabavam indo parar nas tendas dos humanos. E havia histórias, rumores e fragmentos de lendas; um caçador era "sortudo feito um distantino"; um certo tipo de solo era chamado de minério-bruxo porque os bruxos o cobiçavam e faziam negócio por ele. Mas fragmentos eram tudo o que ela sabia. Desde muito antes do nascimento de Rolery, os Homens de Askatevar já vagavam pelo leste e norte de sua faixa. Ela nunca tinha levado uma colheita até os depósitos sob o Monte Tevar, então nunca estivera naquela fronteira ocidental até essa fase lunar, quando todos os Homens da Faixa de Askatevar se juntaram com seus rebanhos e famílias para construir a Cidade Invernal sobre os armazéns enterrados. Ela não sabia realmente nada sobre a raça alienígena, e quando tomou ciência de que o lutador campeão, o jovem esguio chamado Jonkendy, olhava diretamente para o seu rosto, virou a cabeça e recuou, com medo e repulsa.

Ele se aproximou dela, seu corpo nu brilhando de suor.

— Você vem de Tevar, não é? — perguntou ele, usando a língua humana, mas pronunciando metade das palavras da forma errada. Feliz com sua vitória, espanando areia dos braços ágeis, ele sorriu para ela.

— Isso.

— Em que podemos ajudar por aqui? Existe algo que queira?

Ela não conseguia encará-lo de tão perto, é claro, mas o tom dele era ao mesmo tempo amistoso e zombeteiro. Era uma voz pueril; ela pensou que ele era, provavelmente, mais novo do que ela. Rolery não aceitaria ser ridicularizada.

— Sim — respondeu ela, friamente. — Quero ver aquela rocha preta nas areias.

— Pode ir. O passadiço está aberto.

Ele parecia estar tentando espiar o rosto abaixado dela. Rolery se virou, dando-lhe mais as costas.

— Se alguém tentar te parar, diga que Jonkendy Li te enviou — disse ele. — Ou quer que eu vá com você?

Ela nem responderia a isso. Cabeça erguida e olhar voltado para baixo, ela partiu para a rua que levava da praça para o passadiço. Nenhum daqueles falsos-homens de pele escura e sorrisos irônicos ousaria pensar que ela estava com medo...

Ninguém a seguiu. Ninguém pareceu notá-la, simplesmente passavam por ela na rua curta. Rolery chegou aos grandes pilares do passadiço, olhou de relance para trás, olhou adiante e parou.

A ponte era imensa, uma estrada para gigantes. Do alto da cordilheira, parecera frágil, estendendo-se por campos, dunas e areia com o ritmo leve de seus arcos; ali, porém, ela via que era ampla o suficiente para vinte homens passarem lado a lado, e levava diretamente para os intimidantes portões pretos da rocha-torre. Nenhum corrimão separava o grande passadiço do abismo de ar. A ideia de andar por ele era simplesmente errada. Ela não podia; aquele não era um caminho para pés humanos.

Uma rua lateral a levou para um portão ocidental na muralha da cidade. Ela passou apressada por cercados e currais vazios e saiu pelo portão, pretendendo dar a volta nas muralhas e voltar para casa.

Mas ali, onde os desfiladeiros eram mais baixos, com muitos degraus esculpidos neles, os campos mais abaixo se quedavam pacíficos, formando retalhos na tarde amarela; e logo do outro lado das dunas ficava a vasta praia onde ela podia encontrar as longas flores marinhas verdes que as mulheres de Askatevar guardavam em seus baús e, nos dias de festa, usavam de adorno nos cabelos. Sentiu o cheiro exótico do mar. Nunca tinha andando nas areias da praia em sua vida. O sol ainda não tinha baixado. Ela desceu uma escadaria no desfiladeiro e atravessou os campos, por cima dos diques e das dunas, e finalmente correu para as areias planas e brilhantes que se desdobravam até perder de vista ao norte, oeste e sul.

O vento soprava, o sol fraco brilhava. Muito longe, a oeste, ela ouviu um som incessante, uma voz remota e imensa murmurando, embalando. Firme, constante e infinita, a areia se prostrava sob seus pés. Ela correu pela alegria de correr, parou e olhou com uma risada de euforia para os arcos do passadiço marchando, solenes e imensos, ao lado da ínfima linha oscilante de suas pegadas, correu de novo e parou de novo para apanhar conchas prateadas que jaziam meio enterradas na areia. Vívida como um punhado de pedriscos coloridos, a cidade distantina se empoleirava no penhasco atrás dela. Antes de se cansar de sal, vento, espaço e solidão, ela já havia chegado quase até a rocha-torre, que agora se assomava, preta e densa, entre ela e o sol.

O frio espreitava naquela sombra comprida. Ela estremeceu e disparou a correr outra vez para sair da sombra, mantendo uma boa e longa distância da massa de rocha preta. Rolery queria ver até onde o sol já havia baixado, o quanto ela ainda precisaria correr para ver as primeiras ondas do mar.

Suave e distante ao vento, uma voz ressoou em seus ouvidos, gritando algo, gritando de forma tão estranha e urgente que ela parou, imóvel, e olhou para trás, com um calafrio de pavor, para a grande ilha preta emergindo da areia. Estaria o local dos bruxos chamando por ela?

No passadiço sem corrimão, em um dos píeres presos à ilha rochosa, lá no alto, bem distante, havia uma silhueta.

Ela se virou e correu, depois parou e olhou para trás. O terror cresceu dentro dela. Agora queria correr, e não correu. O terror a sobrepujou, e ela não conseguia mover a mão ou o pé; ficou ali tremendo, com um rugido em seus ouvidos. O bruxo da torre preta tecia seu feitiço de aranha em torno dela. Abrindo os braços, ele gritou de novo as palavras urgentes e penetrantes que ela não entendia, débeis ao vento como o chamado de um pássaro marinho, *staak, staak!* O rugido crescia nos ouvidos dela, que se encolheu na areia.

Então, de súbito, clara e baixa em sua mente, uma voz disse:

— Corra. Levante e corra. Para a ilha, agora, depressa.

E antes que ela se desse conta, já estava de pé; estava correndo. A voz baixa falou outra vez para guiá-la. Às cegas, respirando aos soluços, ela alcançou degraus pretos esculpidos na rocha e começou a subi-los com dificuldade. Em uma curva, uma figura escura correu ao seu encontro. Ela estendeu a mão, e foi meio guiada, meio arrastada por mais um lance de escadas, e então foi solta. Ela caiu contra a parede, pois suas pernas não a sustentavam mais. A figura escura a segurou, ajudou-a a ficar de pé, e disse alto e bom som com a voz que havia falado dentro do crânio dela:

— Veja — disse ele —, lá vem.

Água quebrou e borbulhou abaixo deles com um bramido que sacudiu a rocha sólida. As águas partidas pela ilha se uniram, brancas e rugindo, arrastando-se, sibilando e espumando, colidindo no longo aclive para as dunas, para então se acalmarem em um balanço de ondas brilhantes.

Rolery continuou agarrada à parede, tremendo. Ela não conseguia parar de tremer.

— A maré chega aqui apenas um pouco mais depressa do que um homem é capaz de correr — contou a voz baixa atrás dela. — E quando está cheia, tem cerca de seis metros de profundidade em torno da Pilha. Suba por aqui... É por isso que vivíamos aqui nos velhos tempos, entende? Metade do tempo ela é uma ilha. Costumávamos atrair exércitos inimigos para as areias pouco antes da maré encher, se eles não conhecessem as marés... Tudo bem com você?

Rolery deu de ombros levemente. Ele não pareceu entender o gesto, então ela disse:

— Tudo. — Podia entender a fala dele, mas o homem usava várias palavras que ela nunca ouvira, e pronunciava errado a maioria das outras.

— Você vem de Tevar?

Ela deu de ombros novamente. Sentia-se enjoada e com vontade de chorar, mas não o fez. Subindo o próximo lance de degraus esculpidos na pedra preta, ela ajeitou os cabelos e, protegida pelos fios, olhou de soslaio por um segundo para o rosto do distantino. Era forte, rústico e sombrio, com olhos severos e brilhantes, olhos escuros de alienígena.

— O que você estava fazendo nas areias? Ninguém te avisou sobre a maré?

— Eu não sabia — murmurou ela.

— Seus Anciões sabem. Ou sabiam na Primavera passada, quando sua tribo morou ao longo desta costa. Homens têm memória curta demais. — O que ele dizia era áspero, mas sua voz estava sempre baixa e sem aspereza. — Por aqui agora. Não se preocupe, o lugar todo está vazio. Faz muito tempo desde que alguém do seu povo botou os pés na Pilha...

Eles entraram por uma porta escura e um túnel, e saíram em uma sala que ela achou imensa, até entrarem na próxima. Passaram por portões e pátios abertos para o céu, por galerias arqueadas que se inclinavam bem acima do mar, por salas e salões abobadados, todos silenciosos e vazios, moradas do vento marinho. O mar balançava sua prata enrugada bem lá embaixo agora. Ela se sentia aturdida, frágil.

— Ninguém mora aqui? — perguntou, em voz baixa.

— Agora não.

— É a sua Cidade Invernal?

— Não, nós passamos o inverno na cidade. Isto aqui foi construído como uma fortaleza. Tínhamos muitos inimigos nos velhos tempos... Por que você estava nas areias?

— Eu queria ver...

— Ver o quê?

— As areias. O oceano. Eu estive na sua cidade primeiro, queria ver...

— Tudo certo! Não há mal algum nisso.

Ele a conduziu por uma galeria tão alta que a deixou zonza. Por entre os arcos elevados e pontiagudos voavam pássaros marinhos. Então, descendo um último corredor estreito, eles saíram debaixo de um portão e atravessaram uma ponte ressonante de metal de espada, entrando no passadiço.

Andaram entre a torre e a cidade, entre o céu e o mar, em silêncio, o vento os empurrando sempre para a direita. Rolery estava com frio e nervosa pela altura e a estranheza da caminhada, pela presença do falso-homem ao seu lado, andando no mesmo ritmo que ela.

Quando entravam na cidade, ele disse, abruptamente:

— Eu não vou mentefalar com você de novo. Naquela hora, foi preciso.

— Quando você disse para correr... — começou ela, então hesitou, incerta quanto ao que ele estava falando e ao que tinha acontecido nas areias.

— Pensei que você fosse uma de nós — disse ele, como se zangado, e então se controlou. — Eu não podia ficar parado e assistir você se afogar. Mesmo que merecesse. Mas não se preocupe. Não farei isso de novo, e isso não me deu nenhum poder sobre você. Não importa o que seus Anciões possam dizer. Então vá, você está livre como o ar e ignorante como sempre.

A aspereza dele era real, e isso assustou Rolery. Impaciente com seu medo, ela inquiriu, trêmula, mas insolente:

— Também estou livre para voltar?

Ante aquilo, o distantino a olhou. Ela estava ciente, embora não pudesse levantar a cabeça para olhar seu rosto, que a expressão dele havia mudado.

— Está. Está, sim. Eu posso saber seu nome, filha de Askatevar?

— Rolery, do Clã Wold.

— Wold é seu avô? Seu pai? Ele ainda está vivo?

— Wold fecha o círculo na Batida da Pedra — disse ela, arrogante, tentando se impor contra o ar de autoridade absoluta dele. Como um distantino, um falso-homem, sem clã e abaixo da lei, poderia ser tão severo e senhoril?

— Dê a ele saudações de Jakob Agat Alterra. Diga a ele que eu irei para Tevar amanhã falar com ele. Adeus, Rolery.

E ele estendeu a mão em uma saudação de iguais, de modo que, sem pensar, ela fez o mesmo, colocando a palma de sua mão contra a dele.

Em seguida, ela se virou e subiu apressadamente as ruas e degraus íngremes, puxando o capuz de pele por cima da cabeça, desviando o rosto dos poucos distantinos por quem passou. Por que eles olhavam assim fixamente para o rosto da gente, como cadáveres ou peixes? Animais de sangue quente e seres humanos não saíam encarando os olhos uns dos outros daquele jeito. Ela saiu pelo portão em direção ao interior com um grande sentimento de alívio, e abriu caminho rapidamente cordilheira acima sob a última luz avermelhada do sol, descendo pelas florestas moribundas e seguindo a trilha que levava até Tevar. Conforme o crepúsculo se transformava em escuridão, ela viu, do outro lado dos campos de talos cortados, estrelas de luz originadas do fogo das tendas que circundavam a Cidade Invernal inacabada no monte. Apressou-se rumo ao calor, ao jantar e à humanidade. Porém, mesmo na grande tenda-irmã de seu Clã, ajoelhada ao lado da fogueira e se empanturrando de guisado em meio às mulheres e crianças, ela ainda sentia uma estranheza persistindo em sua mente. Ao fechar a mão direita, ela parecia segurar na palma um punhado de escuridão, onde estivera o toque dele.

# II

# NA TENDA VERMELHA

— Essa gororoba tá fria — rosnou ele, empurrando-a para longe. Em seguida, vendo o olhar paciente da velha Kerly quando ela pegou a tigela para requentar o mingau, ele se xingou de velho tonto e rabugento. Mas nenhuma de suas esposas, das quais só restava uma, nenhuma de suas filhas, nenhuma das mulheres conseguia preparar uma tigela de mingau de bhan como Shakatany fazia. Que cozinheira ela tinha sido, e tão jovem… sua última esposa jovem. E havia morrido lá longe, na faixa oriental, morrido jovem enquanto ele continuava vivendo e vivendo, esperando a chegada do amargo Inverno.

Uma garota chegou em uma túnica de couro estampada com a marca trifoliada de seu Clã, uma neta, provavelmente. Ela se parecia um pouco com Shakatany. Ele falou com ela, embora não se lembrasse de seu nome.

— Foi você quem chegou tarde essa noite, parenta?

Ele reconheceu o sorriso dela e sua virada de cabeça. Era aquela a quem ele provocava, a que era indolente, insolente, meiga, solitária; a criança nascida fora de época. Como diabos era o nome dela mesmo?

— Eu lhe trago uma mensagem, Ancião.

— Mensagem de quem?

— Ele se deu um nome grande... Jakat-abat-bolterra? Não consigo me lembrar dele todo.

— Alterra? É como os distantinos chamam seus chefes. Onde foi que você viu esse homem?

— Não era um homem, Ancião, era um distantino. Ele mandou saudações e uma mensagem de que virá hoje para Tevar falar com o Ancião.

— Foi, é? — disse Wold, assentindo um pouco, admirando o afronte dela. — E você é a mensageira dele?

— Ele falou comigo por acaso...

— Sim, sim. Você sabia, parenta, que entre os Homens da Faixa de Pernmek, uma mulher solteira que fala com um distantino é... punida?

— Punida como?

— Deixa pra lá.

— Os homens de Pernmek são um bando de comedores de kloob, e eles raspam a cabeça. O que é que eles entendem dos distantinos, afinal? Eles nunca vêm para a costa... Uma vez, em uma tenda, ouvi falar que o Ancião do meu Clã teve uma esposa distantina. Em outros tempos.

— Isso é verdade. Em outros tempos. — A garota esperou e Wold olhou para trás, bem para trás, para outra época: tempos passados, a Primavera. Cores, fragrâncias há muito esmaecidas, flores que não desabrochavam há quarenta fases lunares, o som quase esquecido de uma voz... — Ela era jovem. Morreu jovem. Antes até da chegada do Verão. — Depois de um tempo, ele acrescentou: — Além do mais, isso não é a mesma coisa de uma garota solteira falando com um distantino. Tem uma diferença, parenta.

— Por quê?

Apesar de impertinente, ela merecia uma resposta.

— Há diversas razões e algumas são melhores do que outras. Principalmente esta: um distantino toma apenas uma esposa, então uma mulher-verdadeira que se casasse com ele não geraria filhos.

— Por que não, Ancião?

— As mulheres não conversam mais na tenda-irmã? Vocês são todas ignorantes assim? Porque humanos e distantinos não podem conceber juntos! Nunca ouviu falar disso? É uma cópula estéril, ou então com abortos espontâneos, monstros deformados que não chegam a nascer. Minha esposa, Arilia, que era distantina, morreu perdendo um bebê assim. O povo dela não tem regra; as mulheres são como homens, elas se casam com quem querem. Entre a Humanidade, porém, existe uma lei: as mulheres se deitam com homens humanos, se casam com homens humanos, geram filhos humanos!

Ela pareceu um tanto nauseada e arrependida. Logo, olhando para a correria e movimentação nas muralhas da Cidade Invernal, disse:

— Uma boa lei para mulheres que têm homens com quem se deitar...

Ela aparentava ter mais ou menos vinte fases lunares de idade, o que significava que era ela quem tinha nascido fora de época, bem no meio do Pousio de Verão, quando não nascem crianças. Os filhos da Primavera estariam agora com o dobro ou o triplo da idade dela, casados, recasados, prolíficos; os Outonatos ainda eram todos crianças. Mas algum camarada Primavernato ainda a tomaria como terceira ou quarta esposa; não havia necessidade de ela reclamar. Talvez ele pudesse arranjar um casamento para ela, embora isso dependesse das afiliações dela.

— Quem é sua mãe, parenta?

Ela olhou diretamente para a fivela do cinto dele e falou:

— Shakatany era minha mãe. O senhor já se esqueceu dela?

— Não, Rolery — respondeu, após uma pausa. — Não me esqueci. Escute aqui, filha, onde foi que você falou com esse Alterra? Era Agat o nome dele?

— Era parte do nome dele.

— Então eu conheci o pai dele, e o pai do pai dele. Ele é do clã da mulher... da distantina de quem falávamos. Ele seria talvez filho da irmã dela, ou do irmão dela.

— Seu sobrinho, então. Meu primo — disse a garota, e soltou uma risada súbita. Wold também sorriu ante a lógica grotesca dessa afiliação.

— Encontrei com ele quando fui olhar o mar — explicou ela —, lá nas areias. Antes, eu vi um mensageiro vindo do norte. Nenhuma das mulheres sabe. Chegou alguma notícia? A Sulada vai começar?

— Talvez, talvez — respondeu Wold. Ele se esquecera do nome dela de novo. — Pode ir, criança, ajude suas irmãs nos campos lá — disse e, esquecendo-se dela e da tigela de bhan pela qual estivera esperando, levantou-se pesadamente e deu uma volta em sua grande tenda pintada de vermelho para observar o enxame de trabalhadores nas casas de terra e nas muralhas da Cidade Invernal, e além delas, para o norte. O céu nortenho naquela manhã estava muito azul, claro, frio, sobre colinas expostas.

Vividamente ele se lembrava da vida naquelas tocas com telhado pontiagudo escavadas na terra: os corpos amontoados de uma centena de adormecidos, as mulheres mais velhas acordando e acendendo as fogueiras que enviavam calor e fumaça para dentro de todos os poros dele, o cheiro de erva-negra fervendo, o barulho, o fedor, o calor abafado do inverno naquelas tocas debaixo do solo congelado. E a quietude fria e limpa do mundo acima, varrido pelo vento ou coberto pela neve, quando ele e os outros jovens caçadores vagavam para longe de Tevar caçando escrevedeiras-das-neves e korio e os wespries gordos que seguiam os rios congelados desde o norte mais remoto. E bem ali, do outro lado do vale, de um trecho de campo nevado havia se levantado a cabeça curvada de um ghoul das neves... E antes disso, antes da neve e do gelo e das feras brancas do Inverno, houve já um tempo luminoso como este: um dia claro de vento dourado e céu azul, frio sobre as colinas. E ele, não um homem, apenas um moleque entre os moleques e as mulheres, olhando para cima para rostos brancos e achatados, plumas vermelhas, capas de pele cinzenta exótica e emplumada; vozes latindo como feras em palavras que ele não compreendia, enquanto os homens de seu Clã e os Anciões de Askatevar respondiam em vozes severas, ordenando os rostos achatados a prosseguir. E antes disso, houve um homem que veio correndo do norte com um lado do rosto queimado e sangrento, gritando:

— Os gaal, os gaal! Eles passaram por nosso acampamento em Pekna!...

Mais claro do que qualquer voz presente, ele ouviu aquele grito rouco ressoar por toda a sua vida, as sessenta fases lunares que repousavam entre ele e aquele moleque que olhava e ouvia atentamente, entre este dia luminoso e aquele dia luminoso. Onde estava Pekna agora? Perdida sob as chuvas, as neves; e os degelos da Primavera tinham lavado embora os ossos dos massacrados, as tendas apodrecidas, a memória, o nome.

Não haveria massacres desta vez quando os gaal viessem para o sul pela Faixa de Askatevar. Ele cuidara disso. Havia algo de bom em viver além de seu tempo e se lembrar de males antigos. Nenhum clã ou família dos Homens em toda essa Faixa tinha sido deixado para trás nas Terras de Verão para ser pego desprevenido pelos gaal ou pela primeira nevasca. Estavam todos ali. Vinte centenas deles, com os pequenos Outonatos tão numerosos quanto as folhas que saltam sob os pés, e mulheres tagarelando e colhendo nos campos como bandos de pássaros migratórios, e homens enxameando para construir as casas e muralhas da Cidade Invernal com as pedras antigas sobre as fundações antigas, para caçar as últimas feras migratórias, para cortar e armazenar a madeira infinita das florestas e a turfa do Brejo Seco, para juntar e acomodar os hann em grandes estábulos e alimentá-los até que a erva-negra começasse a crescer. Todos eles, nesse trabalho que tinha se estendido por metade de uma fase lunar agora, o haviam obedecido, e ele obedecera ao antigo Caminho dos Homens. Quando os gaal viessem, eles fechariam os portões da cidade; quando as nevascas viessem, eles fechariam as portas da casa de terra e sobreviveriam até a Primavera. Eles sobreviveriam.

Ele se sentou no chão atrás de sua tenda, abaixando-se pesadamente, esticando suas pernas retorcidas e cobertas de cicatrizes na luz do sol. Pequeno e esbranquiçado parecia o sol, embora o céu estivesse impecavelmente limpo; ele parecia ter metade do tamanho do grande sol do Verão, menor até do que a lua.

— Sol para lua minguando, é o frio que está chegando...

O solo estava úmido das longas chuvas que os atormentaram durante toda essa fase lunar, e marcado aqui e ali com os pequenos sulcos deixados pelos raizpés em migração. O que foi que a garota havia lhe perguntado? Sobre distantinos, sobre o mensageiro, isso mesmo. O sujeito tinha chegado ofegando ontem — será que foi ontem mesmo? — com uma história de que os gaal atacaram a Cidade Invernal de Tlokna, bem ao norte, perto das Montanhas Verdes. Havia pânico ou mentira naquela história. Os gaal nunca atacavam muralhas de pedra. Bárbaros de nariz achatado com suas plumas e sujeira, correndo para o sul feito animais desabrigados com a proximidade do Inverno — eles não eram capazes de tomar uma cidade. E de qualquer forma, Pekna era apenas um pequeno acampamento de caça, não uma cidade murada. O mensageiro mentia. Estava tudo bem. Eles sobreviveriam. Cadê aquela mulher tola com seu desjejum? Aqui, agora, estava quente, aqui no sol...

A oitava esposa de Wold se aproximou aos poucos com um cesto de bhan fumegante, viu que ele estava dormindo, suspirou, ranzinza, e se afastou de novo para a fogueira de cozinhar.

Aquela tarde, quando os distantinos vieram para a tenda dele, com guardas carrancudos ao seu redor e uma multidão de crianças maliciosas e debochadas logo atrás, Wold se lembrou do que a garota dissera, rindo: *Seu sobrinho, meu primo.* Então ele se levantou com esforço para saudar o distantino com o rosto virado e a mão estendida, a saudação de iguais.

Como um igual o alienígena o saudou, sem vacilar. Eles sempre tinham aquela arrogância, aquele ar de quem se achava tão bom quanto um homem, acreditassem eles nisso ou não. Esse sujeito era alto, bem-feito, ainda jovem; caminhava como um chefe. Exceto por sua escuridão e seus olhos escuros e sobrenaturais, podia-se pensar que fosse humano.

— Eu sou Jakob Agat, Ancião.

— Seja bem-vindo à minha tenda e às tendas do meu Clã, Alterra.

— Escuto com o coração — disse o distantino, fazendo Wold sorrir de leve; ele não ouvia ninguém dizer isso desde a época de seu pai. Era estranho como os distantinos sempre se lembravam dos costumes antigos, desenterrando coisas enterradas no tempo passado. Como esse sujeito jovem poderia conhecer uma expressão que apenas Wold e talvez um ou outro dos outros homens mais velhos de Tevar se lembravam? Era parte da estranheza dos distantinos, que era chamada de bruxaria, e que fazia as pessoas temerem o povo escuro. Mas Wold nunca os temera.

— Uma nobre do seu Clã morou em minhas tendas, e eu caminhei nas ruas da sua cidade muitas vezes na Primavera.

Lembro-me disso. Então digo que nenhum homem de Tevar romperá a paz entre nossos povos enquanto eu viver.

— Nenhum homem de Landin a romperá enquanto eu viver.

O velho chefe se comovera por seu pequeno discurso enquanto o fazia; havia lágrimas em seus olhos e ele se sentou em seu baú de couro pintado, pigarreando e piscando. Agat se manteve ereto, envolto em um manto preto, olhos escuros em um rosto escuro. Os jovens caçadores que o guardavam se remexiam inquietos, as crianças espiavam, cochichando e se empurrando na lateral aberta da tenda. Com um gesto, Wold mandou todos eles embora. A lateral da tenda foi abaixada, a velha Kerly acendeu a fogueira da tenda e saiu de novo, apressada, e ele ficou sozinho com o alienígena.

— Sente-se — falou ele.

Agat não se sentou. Ele disse:

— Eu escuto. — E ficou ali.

Como Wold não lhe pedira para se sentar na frente dos outros humanos, ele não se sentaria quando não havia ninguém para ver. Wold não pensou em tudo isso nem tomou uma decisão consciente, meramente sentiu através de uma pele sensibilizada por uma longa vida liderando e controlando pessoas.

Ele suspirou e chamou, em sua voz grave e entrecortada:

— Esposa! — A velha Kerly reapareceu, encarando.

— Sente-se — disse Wold para Agat, que se sentou de pernas cruzadas junto à fogueira.

— Vá embora — rosnou Wold para sua esposa, que desapareceu.

Silêncio. Elaborada e laboriosamente, Wold desfez as amarras de uma pequena bolsa de couro que pendia da faixa na cintura de sua túnica, extraiu de lá um pedacinho minúsculo de óleo-gesina solidificado, quebrou dele uma lasquinha menor ainda, guardou o pedaço original, amarrou a bolsa e depositou a lasca sobre uma brasa na beira da fogueira. Uma pequena espiral de fumaça esverdeada e amarga subiu; Wold e o alienígena respiraram fundo e fecharam os olhos. Wold se recostou no cesto de urina revestido de piche e disse:

— Eu escuto.

— Ancião, recebemos notícias do norte.

— Nós também. Tivemos um mensageiro aqui ontem. Será que tinha sido ontem?

— Ele falou sobre a Cidade Invernal em Tlokna?

O velho ficou sentado olhando para o fogo por um tempo, respirando fundo como que para pegar o último sopro da gesina, mordendo o interior dos lábios, seu rosto (ele bem sabia) embotado como um pedaço de pau, vazio, senil.

— Eu preferiria não ser o portador de más notícias — disse o alienígena em sua voz baixa e grave.

— Não é. Nós já as recebemos. É muito difícil, Alterra, saber a verdade em histórias que vêm de longe, de outras tribos, em outras faixas. São oito dias de jornada mesmo para um mensageiro de Tlokna para Tevar, o dobro disso com tendas e hann. Quem sabe? Os portões de Tevar estarão prontos para se fechar quando a Sulada vier. E vocês, na sua cidade que nunca abandonam, certamente seus portões não precisam de consertos, não?

— Ancião, será preciso portões bem fortes desta vez. Tlokna tinha muralhas, e portões, e guerreiros. Agora, não tem mais nada. Isso não é rumor. Homens de Landin estiveram lá, há dez dias; eles têm vigiado as fronteiras para pegar os primeiros gaal. Mas os gaal estão vindo todos de uma vez…

— Alterra, eu escuto… Agora, escute você. Às vezes, os homens se amedrontam e fogem antes de o inimigo vir. Ouvimos essa história e aquela história também. Mas estou velho. Já vi o Outono duas vezes, vi o Inverno chegar, vi os gaal virem para o sul. Eu lhe direi a verdade.

— Eu escuto — falou o alienígena.

— Os gaal vivem no norte, para lá das faixas mais distantes dos homens que falam nossa língua. Eles têm grandes Terras de Verão gramadas por lá, é o que diz a história, debaixo de montanhas que têm rios de gelo em seus topos. Depois do Meio do Outono, o frio e as feras da neve começam a descer para as terras deles, vindos do norte mais longínquo, onde é sempre Inverno, e assim como nossas feras, os gaal se movem para o sul. Eles trazem suas tendas, mas não constroem nenhuma cidade nem armazenam grão nenhum. Eles atravessam a Faixa de Tevar enquanto as estrelas da Árvore estão subindo ao pôr do sol e antes da Estrelaneve nascer, na virada do Outono para o Inverno. Se encontram famílias viajando desprotegidas, acampamentos de caça, rebanhos ou campos desguarnecidos, eles matam e roubam. Se veem uma Cidade Invernal de pé e guerreiros em suas muralhas, passam agitando suas lanças e berrando, e nós disparamos algumas flechas nos traseiros dos últimos... Eles seguem adiante, e só param em algum lugar bem ao sul daqui; alguns homens dizem que é mais quente lá onde eles passam o Inverno. Quem sabe? Mas isso é a Sulada. Eu sei. Eu já a vi, Alterra, e vi eles voltarem para o norte de novo nos degelos, quando as florestas começam a crescer. Eles não atacam cidades de pedra. São como água, água corrente e ruidosa, mas a pedra a divide e não se move. Tevar é pedra.

O jovem distantino se sentou com a cabeça baixa, pensando, por tanto tempo que Wold pôde olhar diretamente para o rosto dele por um instante.

— Tudo o que o senhor diz, Ancião, é verdade, a mais pura verdade, e sempre foi verdade em Anos passados. Mas este é... um novo tempo... Eu sou um líder entre meu povo, assim como o senhor é entre o seu. Venho, de um chefe para outro, buscando ajuda. Acredite em mim. Escute-me, nossos povos podem ajudar um ao outro. Há um grande homem entre os gaal, um líder, eles os chamam de Kubban ou Kobban. Ele uniu todas as tribos deles e fez delas um exército. Os gaal não estão roubando hann perdido ao acaso, estão sitiando e capturando as Cidades Invernais em todas as Faixas pelo litoral, matando os homens Primavernatos, escravizando as mulheres, deixando guerreiros gaal em cada cidade para mantê-la e governá-la durante o Inverno. Na Primavera, quando os gaal voltarem para o norte, eles ficarão; essas terras serão deles, essas florestas e campos e Terras de Verão e cidades e todas as pessoas nelas, o que restar delas...

O homem mais velho olhou fixamente para o lado por um tempo e então falou, pesadamente, com raiva:

— Você fala, eu não escuto. Você diz que meu povo será surrado, morto, escravizado. Meu povo é de homens, e você é um distantino. Guarde a sua conversa sombria para o seu próprio destino sombrio!

— Se os homens estão em perigo, estamos em um perigo ainda maior. Sabe quantos de nós existem em Landin agora, Ancião? Menos de dois mil.

— Tão poucos? E as outras cidades? Sua gente morava na costa ao norte, quando eu era jovem.

— Se foram. Os sobreviventes vieram até nós.

— Guerra? Doença? Vocês distantinos não têm doenças.

— É duro sobreviver em um mundo para o qual você não foi feito — disse Agat, com uma brevidade soturna. — De qualquer forma, somos poucos, somos fracos em número: pedimos para ser aliados de Tevar quando os gaal vierem. E eles virão dentro de trinta dias.

— Antes disso, se há algum gaal em Tlokna agora. Eles já estão atrasados, a neve vai cair a qualquer dia. Estarão com pressa.

— Eles não estão com pressa, Ancião. Estão vindo devagar porque estão vindo todos juntos, cinquenta, sessenta, setenta mil deles!

De súbito, horrivelmente, Wold viu o que ele dizia: viu a horda infinita marchando, fileira após fileira, pelas passagens nas montanhas, guiados por um chefe alto de cara achatada, viu os homens de Tlokna — ou seria de Tevar? — caídos, assassinados sob as muralhas destruídas de sua cidade, o gelo se formando em lascas sobre sangue empoçado... Ele sacudiu a cabeça para se livrar dessas visões. O que o tinha dominado? Ele ficou sentado em silêncio por um tempo, mordendo a parte interna dos lábios.

— Bem, eu te escutei, Alterra.

— Não de todo, Ancião. — Isso era grosseria bárbara, mas o sujeito era um alienígena e, no final das contas, um chefe de sua própria gente. Wold o deixou prosseguir. — Temos tempo para nos preparar. Se os homens de Askatevar e os homens de Allakskat e de Pernmek fizerem uma aliança, e aceitarem nossa ajuda, podemos formar um exército próprio. Se esperarmos em massa, prontos para os gaal, na fronteira norte de suas três Faixas, então toda a Sulada, em vez de enfrentar toda essa força, talvez mude de direção e desça pelas trilhas da montanha para o leste. Duas vezes, em Anos anteriores, nossos registros dizem que eles pegaram essa via para o leste. Como está tarde e cada vez mais frio, e não resta muita caça, os gaal podem desviar e seguir apressados se encontrarem homens prontos para lutar. Meu palpite é que Kubban não tem nenhuma tática real além da surpresa e da quantidade. Podemos desviá-lo.

— Os homens de Pernmek e Allakskat estão em suas Cidades Invernais agora, como nós. Você ainda não conhece os Costumes dos Homens? Não se travam batalhas no Inverno!

— Diga isso aos gaal, Ancião! Faça o que achar melhor, mas acredite em minhas palavras!

O distantino se levantou, impelido a ficar de pé pela intensidade de seu apelo e alerta. Wold sentiu pena dele, como com frequência sentia dos jovens, que ainda não tinham visto como a paixão e o planejamento repetidamente são desperdiçados, como suas vidas e atos são desperdiçados entre o desejo e o medo.

— Eu te escutei — falou ele, com uma gentileza imperturbável. — Os Anciões do meu povo ouvirão o que você disse.

— Então eu poderia voltar amanhã para ouvir...

— Amanhã, depois de amanhã...

— Trinta dias, Ancião! Trinta dias, no máximo!

— Alterra, os gaal virão, e irão embora. O Inverno virá e não irá embora. De que serve ao guerreiro vitorioso voltar para uma casa inacabada, quando a terra vira gelo? Quando estivermos prontos para o Inverno, nos preocuparemos com os gaal... Agora, sente-se de novo. — Ele remexeu em sua bolsa mais uma vez para pegar uma segunda lasca de gesina para a cheirada final. — Seu pai também era Agat? Eu o conheci quando ele era jovem. E uma das minhas filhas inúteis me contou que conheceu você enquanto caminhava nas areias.

O distantino levantou a cabeça rapidamente, e então confirmou:

— Sim, foi como nos encontramos. Nas areias entre as marés.

# III

# O VERDADEIRO NOME DO SOL

O que causava as marés ao longo desta costa, seu enorme movimento diário de vai e vem, subindo e descendo entre cinco e quinze metros de água? Nenhum dos Anciões da Cidade de Tevar sabia responder a essa pergunta. Qualquer criança em Landin sabia: era a lua que causava as marés, a atração da lua...

E a lua e a terra orbitavam uma à outra, um círculo majestoso que levava quatrocentos dias para se completar, uma fase lunar. E juntos, os planetas duplos orbitavam o sol, uma dança grandiosa e solenemente rodopiante no meio do nada. Sessenta fases lunares duravam essa dança, vinte e quatro mil dias, uma vida, um Ano. E o nome do centro e do sol — o nome do sol era Eltanin: Gamma Draconis.

Antes de entrar sob os galhos cinzentos da floresta, Jakob Agat olhou para o sol afundando em uma bruma acima da faixa ocidental e, em sua mente, o chamou por seu verdadeiro nome, cujo significado era que ele não era simplesmente o Sol, mas um sol: uma estrela entre estrelas.

A voz de uma criança brincando ressoou atrás dele nas encostas do Monte Tevar, lembrando-lhe dos rostos zombeteiros e olhares de esguelha, dos cochichos de caçoada que escondiam o medo, os gritos às suas costas: "Tem um distantino aqui! Venham ver!". Agat, sozinho sob as árvores, andou mais depressa, tentando caminhar mais rápido do que a humilhação. Ele fora humilhado em meio às tendas de Tevar e também sofrera com a sensação de isolamento. Tendo vivido toda a sua vida em uma comunidade pequena de seu próprio povo, conhecendo cada nome e rosto e coração, era difícil para ele encarar estranhos. Especialmente estranhos hostis de uma outra espécie, em multidões, no próprio território deles. O medo e a humilhação agora o alcançavam, e ele parou de andar por um instante. *Que se dane, nunca mais voltarei lá!*, pensou ele. *O velho tonto que faça as coisas do seu jeito e fique sentado se defumando naquela tenda fedida até os gaal chegarem. Aqueles bárbaros de olhos amarelos, cara farinhenta, briguentos, preconceituosos, ignorantes, FOVIALI cabeças-duras, que todos eles queimem!*

— Alterra?

A garota o havia seguido. Ela estava a alguns metros dele na trilha, com a mão apoiada no tronco branco estriado de uma árvore basuk. Seus olhos amarelos ardiam de entusiasmo e zombaria no branco uniforme de seu rosto. Agat ficou imóvel.

— Alterra? — chamou ela de novo em sua voz leve e doce, olhando de lado.

— O que você quer?

Ela recuou um pouco.

— Sou a Rolery — falou. — Nas areias...

— Eu sei quem você é. Sabe quem eu sou? Um falso-homem, um distantino. Se os homens da sua tribo a virem comigo, ou vão me castrar, ou vão te estuprar em cerimônia. Não sei quais são as regras de vocês. Agora vá para casa!

— Meu povo não faz isso. E existe um parentesco entre você e eu — disse ela, seu tom teimoso, mas inseguro.

Ele se virou para partir.

— A irmã de sua mãe morreu em nossas tendas...

— Para nossa vergonha — falou ele, e prosseguiu. Ela não o seguiu.

Ele parou e olhou para trás quando pegou a esquerda na bifurcação na encosta. Nada se agitava em toda a floresta moribunda, exceto por um raizpé atrasado em meio às folhas mortas, arrastando-se com sua excruciante obstinação vegetal rumo ao sul, deixando um rastro tênue atrás dele.

O orgulho racial o proibia de sentir vergonha por seu tratamento à garota, e, na verdade, ele sentiu alívio e um retorno da confiança. Teria que se acostumar aos insultos dos FOVIALI e ignorar a intolerância deles. Não tinham como evitar; era a sua própria forma de obstinação, sua natureza. O velho chefe tinha demonstrado, a seu modo, cortesia e paciência reais. Ele, Jakob Agat, deveria ser igualmente paciente e igualmente obstinado. Pois o destino de seu povo, a vida da humanidade neste mundo, dependia do que essas tribos FOVIALI fizessem ou não nos próximos trinta dias. Antes que a lua crescente se erguesse novamente, a história de uma raça por seiscentas fases lunares, dez Anos, vinte gerações, a longa luta, a longa arrancada, poderia terminar. A menos que ele desse sorte, a menos que ele tivesse paciência.

Secas, sem folhas, com galhos podres, árvores imensas se postavam, próximas, formando um corredor que se estendia por quilômetros por essas colinas, as raízes definhando na terra. Elas estavam prontas para cair sob o empurrão do vento norte, para serem cobertas pela geada e pela neve por milhares de dias e noites, para apodrecer nos longos, longos degelos da Primavera, para enriquecer com sua vasta morte a terra onde, dormindo muito, muito profundamente, suas sementes jaziam enterradas agora. Paciência, paciência...

No vento, ele desceu pelas ruas luminosas de pedra de Landin até a Praça, e, passando pelos estudantes se exercitando na arena, entrou na torre com arcadas que era chamada por um nome antigo: o Salão da Liga.

Como os outros edifícios em torno da Praça, ele tinha sido construído cinco Anos atrás, quando Landin era a capital de uma pequena nação forte e próspera, uma época de força. Todo o primeiro andar era um espaçoso salão de reuniões. Em torno de suas paredes cinzentas, havia desenhos amplos e delicados destacados em dourado. Na parede leste, um sol estilizado cercado por nove planetas ficava de frente para o desenho na parede oeste, sete planetas em elipses muito longas em volta de seu sol. O terceiro planeta de cada sistema era duplo, cravejado com cristal. Acima das portas e na ponta mais distante, mostradores redondos com ponteiros frágeis e ornamentados diziam que o dia de hoje era o 391º da 45ª fase lunar do Décimo Ano Local da Colônia em Gamma Draconis III. Também informavam que era o ducentésimo segundo dia do Ano 1405 da Liga de Todos os Mundos; e era o dia doze de agosto em seu lar.

A maioria das pessoas duvidava que ainda existisse uma Liga de Todos os Mundos, e alguns paradoxalistas gostavam de questionar se algum dia existiu, de fato, um lugar que pudesse ser chamado de lar. Entretanto, os relógios, aqui na Grande Assembleia e na Sala de Registros subterrânea, que vinham sendo mantidos em funcionamento por seiscentos Anos da Liga, pareciam indicar, por sua origem e constância, que havia existido uma Liga e que ainda existia uma casa, um local de nascimento da raça humana. Pacientemente, eles marcavam as horas de um planeta perdido no abismo da escuridão e dos anos. Paciência, paciência...

Os outros alterranos esperavam por ele na biblioteca no andar de cima, ou chegariam em breve, reunindo-se em volta do fogo na lareira: dez deles no total. Seiko e Alla Pasfal acenderam os jatos de gás e abaixaram o fogo. Embora Agat não tivesse falado nada, seu amigo Huru Pilotson, vindo parar ao lado dele junto ao fogo, disse:

— Não deixe eles te chatearem, Jakob. Um bando de nômades estúpidos e teimosos... eles não vão aprender nunca.

— Eu projetei?

— Não, claro que não.

Huru soltou uma risadinha. Ele era um camarada ligeiro, franzino, tímido, devotado a Jakob Agat. O fato de que ele era homossexual e Agat, não, era bem conhecido por ambos, por todos ao redor deles e, na verdade, por todos em Landin. Todos em Landin sabiam de tudo, e a franqueza, embora cansativa e difícil, era a única solução possível para esse problema de excesso de comunicação.

— Você esperava demais quando partiu, só isso. Sua decepção é evidente. Mas não deixe eles te derrubarem, Jakob. Eles não passam de FOVIALI.

Vendo que os outros estavam ouvindo, Agat revelou em voz alta:

— Eu contei ao velho o que eu planejava fazer; ele disse que informaria ao Conselho deles. O quanto ele compreendeu e o quanto acreditou, não sei.

— Se ele chegou a ouvir, já é melhor do que eu esperava — falou Alla Pasfal, afiada e frágil, com sua pele escura e azulada, seus cabelos brancos emoldurando o rosto cansado. — Wold está por aí há tanto tempo quanto eu, ou mais. Não espere que ele dê boas-vindas a guerras e mudanças.

— Mas ele deveria estar bem-disposto; ele se casou com uma humana — disse Dermat.

— Sim, minha prima Arilia, tia de Jakob, a exótica no zoológico de fêmeas de Wold. Eu me lembro do cortejo dela — lembrou Alla Pasfal, com um sarcasmo tão amargo que Dermat murchou.

— Ele não tomou nenhuma decisão sobre nos ajudar? Você contou a ele seu plano de ir até a fronteira encontrar os gaal? — gaguejou Jonkendy Li, apressado e decepcionado. Ele era muito jovem, e vinha torcendo por uma bela guerra com marchas e trombetas. Todos eles torciam. Era melhor do que morrer de fome ou ser queimado vivo.

— Dê-lhes tempo. Eles vão decidir — disse Agat ao garoto, muito sério.

— Como Wold o recebeu? — perguntou Seiko Esmit.

Ela era a última de uma grande família. Apenas os filhos do primeiro líder da Colônia carregavam aquele nome, Esmit. Com ela, ele morreria. Ela tinha a idade de Agat, uma mulher bela e delicada, nervosa, rancorosa, reprimida. Quando os alterranos se reuniam, os olhos dela estavam sempre em Agat. Independentemente de quem falasse, ela observava Agat.

— Ele me recebeu como um igual.

Alla Pasfal assentiu em aprovação e disse:

— Ele sempre teve mais noção do que o resto dos machos deles.

Seiko, porém, continuou:

— E os outros? Você pôde simplesmente atravessar o acampamento deles?

Seiko sempre conseguia desenterrar a humilhação dele, não importava o quanto ele a enterrasse e se esquecesse dela. Sua prima em décimo grau, sua irmã-amiga-companheira de infância, ela possuía um entendimento imediato de qualquer fraqueza ou dor sentida por ele, e sua empatia, sua compaixão se fechava sobre ele como uma armadilha. Eles eram próximos demais. Chegados demais, Huru, a velha Alla, Seiko, todos eles. O isolamento que o deixara nervoso hoje também lhe dera um vislumbre de distância, de solidão, que despertara um anseio dentro dele. Seiko o fitou, observando-o com olhos límpidos, escuros, suaves, sensíveis a cada humor e palavra dele. A garota FOVIALI, Rolery, nunca olhara para ele até então, nunca sustentara seu olhar. Os olhos dela estavam sempre para o lado, desviados, espiando de relance, dourados, alienígenas.

— Eles não me pararam — respondeu ele a Seiko, brevemente. — Bem, amanhã talvez eles decidam sobre nossa sugestão. Ou no dia seguinte. Como está indo o abastecimento da Pilha esta tarde?

A conversa se tornou mais generalizada, embora sempre tendesse a girar em torno de Jakob Agat. Ele era mais jovem do que vários deles, e todos os dez alterranos eram eleitos igualmente em seus mandatos de dez anos no conselho, mas ele era, evidente e reconhecidamente, o líder deles, seu centro. Não havia nenhuma razão visível para isso, a menos que fosse o vigor com que ele se movia e falava; será que a autoridade era notável no homem, ou nos homens em torno dele? Os efeitos dela, contudo, mostravam-se nele como uma certa tensão e melancolia, resultados de uma pesada carga de responsabilidade que ele carregava há muito tempo e que ficava diariamente mais pesada.

— Cometi um deslize — disse ele para Pilotson conforme Seiko e as outras mulheres do conselho preparavam e serviam as pequenas xícaras cerimoniais quentes de folhas de basuk embebidas chamadas de *xá*. — Eu estava me esforçando tanto para convencer o velho de que existe realmente um perigo vindo dos gaal, que acho que, por um momento, eu projetei. Não verbalmente; mas ele parecia ter visto um fantasma.

— Você tem uma projeção sensorial muito potente, e péssimo controle quando está sob pressão. Ele provavelmente viu um fantasma, sim.

— Estamos sem contato com os FOVIALI há tanto tempo... e andamos tão fechados aqui, tão isolados, que não posso confiar no meu controle. Primeiro eu me comunico com aquela garota na praia, depois projeto para Wold... eles vão se voltar contra nós como se fôssemos bruxos se isso continuar, assim como fizeram nos primeiros Anos… E temos que fazer com que confiem em nós. Em tão pouco tempo. Se ao menos soubéssemos antes sobre os gaal!

— Bem — começou Pilotson a seu modo cuidadoso —, como já não há mais assentamentos humanos na costa, é puramente por causa de sua precaução em enviar batedores para o norte que temos qualquer aviso. À sua saúde, Seiko — acrescentou, aceitando a xícara minúscula e fumegante que ela oferecia.

Agat pegou a última xícara na bandeja dela e a drenou. Havia um leve estimulante sensorial no xá recém-passado, de modo que ele ficou vividamente cônscio do calor limpo e adstringente em sua garganta, do olhar intenso de Seiko, do salão desnudo, grande e iluminado pelo fogo, do crepúsculo do lado de fora das janelas. A xícara em sua mão, de porcelana azul, era muito antiga, uma obra do Quinto Ano. Os livros impressos manualmente nas caixas sob as janelas eram antigos. Até o vidro nos caixilhos das janelas eram antigos. Todos os seus luxos, tudo o que os tornava civilizados, tudo o que os mantinha como alterranos, era antigo. Durante a vida de Agat e por muito tempo antes, não havia energia ou tempo livre para afirmações sutis e complexas da habilidade e do espírito humano. Agora, eles faziam o máximo apenas para preservar, para resistir.

Aos poucos, Ano a Ano por ao menos dez gerações, seus números vinham minguando; muito aos poucos, mas sempre havia menos crianças nascendo. Eles se fortificavam, se uniam. Antigos sonhos de dominação foram completamente esquecidos. Eles retornaram — se os Invernos e as tribos FOVIALI hostis não se aproveitaram de sua fraqueza primeiro — ao antigo centro, à primeira colônia, Landin. Eles ensinaram às suas crianças o conhecimento antigo e os costumes antigos, mas nada de novo. Eles viviam cada vez mais modestamente, aprendendo a valorizar o simples em vez do elaborado, a calma em vez da luta, a coragem em vez do sucesso. Eles se recolheram.

Agat, fitando a xícara minúscula em sua mão, enxergou em sua transparência clara e pura, na habilidade perfeita de sua fabricação e na fragilidade de sua substância, algo como a epítome do espírito de seu povo. Do lado de fora das janelas altas, o ar tinha o mesmo azul translúcido. Só que frio: um crepúsculo azul, imenso e frio. O antigo terror de sua infância dominou Agat, o terror que, conforme ele se tornava adulto, havia racionalizado assim: este mundo no qual nascera, no qual seu pai e seus antepassados por vinte e três gerações nasceram, não era seu lar. Sua espécie era alienígena. Profundamente, eles estavam sempre cientes disso. Eles eram os distantinos. E pouco a pouco, com uma lentidão majestosa, com a obstinação vegetal do processo evolutivo, este mundo os estava matando — rejeitando o enxerto.

Talvez eles fossem submissos demais a esse processo, dispostos demais a se deixar morrer. Mas um tipo de submissão — a aderência deles às Leis da Liga — tinha sido sua força desde o início; e eles ainda eram fortes, cada um deles. Mas não possuíam o conhecimento ou a habilidade para combater a esterilidade e o aborto prematuro que reduziram suas gerações. Pois nem toda a sabedoria estava escrita nos Livros da Liga, e de um dia para o outro e de um Ano para o outro um pouco de conhecimento sempre se perdia, suplantado por alguma informação mais imediatamente útil a respeito da existência no aqui e no agora. E, no final, eles não conseguiam sequer entender muito do que os livros lhes diziam. O que restava realmente do Legado deles a essa altura? Se algum dia a nave, como diziam as esperanças e lendas antigas, descesse em fogo das estrelas, será que os homens desembarcando delas os reconheceriam como homens?

Mas nenhuma nave havia vindo, ou viria. Eles morreriam; a presença deles aqui, seu longo exílio e luta neste mundo chegariam ao fim, quebradas como um pedaço de argila.

Ele colocou a xícara com muito cuidado na bandeja e enxugou o suor da testa. Seiko o observava. Agat lhes deu as costas abruptamente e começou a prestar atenção em Jonkendy, Dermat e Pilotson. Em meio à sua descarga deprimente de mau agouro, ele havia lembrado brevemente, de maneira irrelevante e, no entanto, parecendo ao mesmo tempo uma explanação e um sinal, da figura leve, ágil e assustada da garota, Rolery, estendendo a mão para ele em meio às pedras escuras, sitiadas pelo mar.

# IV

# OS JOVENS ALTOS

O som de rocha contra rocha, duro e sem reverberação, ressoava entre os telhados e muros inacabados da Cidade Invernal até as altas tendas vermelhas erguidas ao redor dela. *Ak ak ak ak*, o som prosseguiu por um longo tempo, até subitamente uma segunda batida se juntar à primeira em contraponto, *kadak ak ak kadak*. Uma outra surgiu em uma nota mais aguda, estabelecendo um ritmo rápido, depois outra, mais uma, até que qualquer cadência se perdeu na algazarra de sons constantes, uma avalanche de pancadas secas de rocha contra rocha na qual cada ritmo individual desapareceu, indistinguível.

Enquanto a avalanche sonora continuava, incessante e estupidificante, o Mais Velho Ancião dos Homens de Askatevar saiu lentamente de sua tenda e caminhou entre as fileiras de tendas e fogueiras de cozinha das quais a fumaça subia à luz oblíqua do fim da tarde e fim do Outono. Rígido e pesado, o homem mais velho andou sozinho pelo acampamento de seu povo e entrou pelo portão da Cidade Invernal, seguindo uma rua ou via sinuosa em meio aos telhados de madeira das casas semelhantes a tendas, sem paredes laterais acima do chão, e chegou a um espaço aberto no meio dos picos dos telhados. Ali encontravam-se uma centena ou mais de homens, de joelhos dobrados contra o peito, martelando pedra contra pedra, martelando em um transe percussivo hipnótico e indefinido. Wold se sentou, completando o círculo. Ele pegou a menor das duas rochas pesadas e desgastadas pela água que se encontravam à sua frente e, com um peso satisfatório, bateu-a contra a maior: *klak! Klak! Klak!* À direita e à esquerda dele, a algazarra continuava, um rugido estridente de sons aleatórios, em meio ao qual de tempos em tempos era possível discernir um trecho de um certo ritmo. O ritmo desaparecia, ressurgia, uma concatenação fortuita de sons. Quando ele retornou, Wold o captou, acompanhou, sustentou. Agora, para ele, aquele ritmo dominava a algazarra. Agora seu vizinho da esquerda batia junto, as duas pedras se erguendo e caindo juntas; agora seu vizinho da direita. Agora outros por todo o círculo batiam no ritmo, martelando juntos. O ritmo se livrou dos ruídos, conquistou-os, forçando cada voz em conflito a entrar em um único ritmo incessante, a concórdia, o duro batimento cardíaco dos Homens de Askatevar, batendo, batendo, batendo.

Esta era toda a música deles, toda a sua dança.

Um homem finalmente deu um salto e entrou no centro do círculo. Estava com o peito desnudo, listras pretas pintadas nos braços e nas pernas, o cabelo uma nuvem preta em torno do rosto. O ritmo se abrandou, diminuiu, morreu. Silêncio.

— O mensageiro do norte trouxe notícias de que os gaal seguem a Trilha Costeira e vêm em grande número. Eles chegaram em Tlokna. Vocês todos ouviram isso?

Um murmúrio de concordância.

— Agora escutem o homem que convocou essa Bateção de Pedra — anunciou o xamã-arauto.

Wold se levantou com dificuldade. Ele se manteve em seu lugar, olhando para a frente, massivo, cheio de cicatrizes, imóvel, um rochedo antigo em forma de homem.

— Um distantino veio à minha tenda — disse ele, finalmente, em sua voz grave debilitada pela idade. — Ele é um chefe entre eles em Landin. Ele disse que os distantinos estão rareando agora e pede a ajuda dos homens.

Um murmúrio surgiu entre todos os líderes de clãs e famílias que estavam sentados no círculo sem se mover, joelhos contra os peitos. Acima do círculo, acima dos telhados de madeira de cumeeiras altas acima deles, bem lá no alto, na luz fria e dourada, um pássaro branco rodopiava, um prenúncio do inverno.

— Esse distantino disse que a Sulada vem não com clãs e tribos, mas todos em uma só horda, muitos milhares liderados por um grande chefe.

— Como ele sabe? — rugiu alguém.

O protocolo não era estrito nas Bateções de Pedra dos Tevar; os Tevar nunca foram governados por seus xamãs, como algumas outras tribos.

— Ele tem batedores no norte! — urrou Wold de volta. — Disse que os gaal sitiam Cidades Invernais e as capturam. Foi isso o que o mensageiro falou sobre Tlokna. O distantino diz que os guerreiros de Tevar deveriam se juntar aos distantinos e aos homens de Pernmek e Alakskat, subir para o norte da nossa faixa, e desviar a Sulada para a Trilha da Montanha. Essas foram as palavras dele, e eu as escutei. Vocês todos escutaram?

A concordância foi desigual e turbulenta, e um chefe de clã estava de pé em um instante.

— Ancião! Da sua boca nós ouvimos a verdade sempre. Mas quando é que um distantino falou a verdade? Desde quando os homens escutam os distantinos? Não escuto nada do que esse distantino disse. E se a Cidade dele perecer na Sulada? Nenhum homem vive lá! Eles que pereçam para que nós, homens, possamos tomar a Faixa deles.

O homem falando, Walmek, era um grandalhão escuro e cheio de palavras; Wold nunca gostara dele, e essa antipatia influenciou sua resposta.

— Eu escutei Walmek. Não pela primeira vez. Se os distantinos são homens ou não, quem sabe? Talvez eles tenham caído do céu, como diz a lenda. Talvez não. Ninguém caiu do céu este Ano... Eles se parecem com homens; eles lutam como homens. Suas mulheres são como mulheres, posso dizer isso a vocês! Elas têm certa sabedoria. É melhor escutá-los...

Suas referências a mulheres distantinas deixou todos sorrindo enquanto se sentavam em seu círculo solene, mas ele desejou não ter dito nada. Era estúpido relembrá-los de suas velhas alianças com os alienígenas. E era errado... ela tinha sido sua esposa, afinal...

Ele se sentou, confuso, indicando que não falaria mais.

Alguns dos outros homens, entretanto, ficaram impressionados o bastante pela história do mensageiro e pelo alerta de Agat para argumentar com aqueles que desconsideraram ou não confiaram nas notícias. Um dos filhos Primavernatos de Wold, Umaksuman, que amava investidas e incursões, falou abertamente a favor do plano de Agat de marchar até a fronteira.

— É um truque para levar nossos homens para o extremo norte da Faixa e deixá-los presos na primeira neve, enquanto os distantinos roubam nossos rebanhos e esposas e os depósitos de grãos daqui. Eles não são homens, não há bondade neles! — vociferou Walmek. Ele raramente encontrava um assunto tão bom para esbravejar.

— Isso é tudo o que eles querem, nossas mulheres. Não é de se espantar que estejam rareando e morrendo, tudo o que geram são monstros. Querem nossas mulheres para poderem criar crianças humanas como se fossem deles! — Isso quem disse foi um chefe de família mais jovem, muito empolgado.

— Aaaargh! — rosnou Wold, enojado com essa mixórdia de desinformação, mas continuou sentado e deixou que Umaksuman corrigisse o sujeito.

— E se o distantino falou a verdade? — continuou seu filho. — E se os gaal vierem por nossa Faixa todos juntos, milhares deles? Estamos preparados para combatê-los?

— Mas as muralhas não estão terminadas, os portões não estão de pé, a última colheita não está armazenada — disse um homem mais velho.

Isso, mais do que a desconfiança dos alienígenas, era o cerne da questão. Se os homens aptos marchassem para o norte, será que as mulheres e crianças e os homens mais velhos conseguiriam terminar todo o trabalho de preparar a Cidade Invernal antes que o inverno se abatesse sobre eles? Talvez sim, talvez não. Era um grande risco a se correr por causa da palavra de um distantino.

O próprio Wold não havia tomado decisão nenhuma, querendo seguir a que fosse tomada pelos Anciões. Ele gostava do distantino Agat e não o consideraria nem delirante nem mentiroso; mas não havia como saber. Todos os homens são alienígenas uns para os outros, às vezes, não apenas os alienígenas. Não havia como saber. Talvez os gaal realmente estivessem chegando com um exército. Certamente o Inverno estava chegando. Qual inimigo chegaria primeiro?

Os Anciões pendiam para não fazer nada, mas a facção de Umaksuman prevaleceu, a ponto de enviar mensageiros para as duas Faixas vizinhas, Allakskat e Pernmek, para sondá-las sobre o projeto de uma defesa conjunta. Essa foi toda a decisão tomada; o xamã liberou o hann magrelo que havia capturado para o caso de ser tomada uma decisão a favor da guerra que devesse ser selada com lapidação, e os Anciões se dispersaram.

Wold estava sentado em sua tenda com homens de seu Clã com uma boa tigela quente de bhan quando houve uma comoção do lado de fora. Umaksuman saiu, gritou para todo mundo abrir espaço, e tornou a entrar na grande tenda atrás do distantino Agat.

— Bem-vindo, Alterra — disse o homem mais velho, e deu uma olhada furtiva para seus dois netos. — Quer se sentar conosco e comer?

Ele gostava de chocar as pessoas; sempre tinha gostado. Era por isso que estava sempre correndo para os distantinos nos velhos tempos. E esse gesto o libertou, em sua mente, da vaga vergonha que sentia desde que havia falado diante dos outros homens sobre a garota distantina que, tanto tempo atrás, fora sua esposa.

Agat, calmo e sério como antes, aceitou e comeu o bastante para demonstrar que levava a sério a hospitalidade; ele esperou até que todos tivessem terminado de comer e a esposa de Ukwet se esgueirasse para fora com os restos, e então falou:

— Ancião, eu escuto.

— Não há muito o que escutar — respondeu Wold. Ele arrotou. — Mensageiros vão para Pernmek e Allakskat. Mas poucos falaram a favor da guerra. O frio aumenta a cada dia agora: a segurança está dentro das muralhas, sob os telhados. Não vivemos no passado como o seu povo, mas sabemos como os Caminhos dos Homens sempre foram e são, e nos apegamos a eles.

— Seus caminhos são bons — disse o distantino. — Talvez bons o suficiente para que os gaal tenham aprendido com vocês. Em Invernos passados, vocês eram mais fortes do que os gaal porque seus clãs estavam unidos contra eles. Agora, os gaal também aprenderam que a força está nos números.

— *Se* essa notícia for verdade — disse Ukwet, que era um dos netos de Wold, embora mais velho que Umaksuman, filho de Wold.

Agat olhou para ele em silêncio. Ukwet desviou os olhos de imediato daquele olhar direto e escuro.

— Se não for verdade, então por que os gaal estão demorando tanto para vir para o sul? — perguntou Umaksuman. — O que os está segurando? Alguma vez eles já esperaram até as colheitas estarem armazenadas?

— Quem sabe? — respondeu Wold. — No Ano passado, eles vieram bem antes da Estrelaneve nascer, eu me lembro disso. Mas quem se lembra do Ano antes disso?

— Talvez eles estejam seguindo a Trilha da Montanha — sugeriu o outro neto — e nem passarão por Askatevar.

— O mensageiro disse que eles tinham tomado Tlokna — falou Umaksuman, cortante —, e Tlokna fica ao norte de Tevar na Trilha Costeira. *Por que* desacreditamos dessa notícia, por que esperamos para agir?

— Porque homens que guerreiam no Inverno não vivem até a Primavera — rosnou Wold.

— Mas se eles vierem…

— Se eles vierem, nós lutaremos.

Fez-se uma pausa curta. Agat, pela primeira vez, não olhou para nenhum deles, mantendo seu olhar escuro abaixado, como um humano.

— Dizem por aí — comentou Ukwet com um tom de gracejo, sentindo o triunfo — que os distantinos têm poderes estranhos. Não sei nada sobre isso, nasci nas Terras de Verão e nunca tinha visto distantinos antes dessa fase lunar, muito menos sentado para comer com um. Mas, se eles são bruxos e têm tais poderes, por que precisariam da nossa ajuda contra os gaal?

— Eu não te escuto! — trovejou Wold, o rosto arroxeado e olhos lacrimejando.

Ukwet escondeu o rosto. Enfurecido por essa insolência a um hóspede da tenda, e por sua própria confusão e indecisão, que o faziam argumentar contra os dois lados, Wold ficou ali, respirando pesadamente, fitando com olhos inflamados o jovem, que mantinha o rosto escondido.

— Eu falo — disse Wold, finalmente, a voz ainda alta e grave, livre por um tempo da rouquidão da idade. — Eu falo: escutem! Mensageiros subirão pela Trilha Costeira até encontrarem a Sulada. E atrás deles, dois dias depois, mas não além da fronteira da nossa Faixa, guerreiros os seguirão, todos os homens nascidos entre o meio da Primavera e o Pousio de Verão. Se os gaal vierem em quantidade, os guerreiros os expulsarão para as montanhas a leste; se não, eles voltarão para Tevar.

Umaksuman riu alto e falou:

— Ancião, nenhum homem nos lidera além de você!

Wold rosnou, arrotou e se aquietou.

— Mas você liderará os guerreiros — disse ele para Umaksuman, com uma expressão sombria.

Agat, que não falava há algum tempo, disse de seu jeito calmo:

— Meu povo pode enviar trezentos e cinquenta homens. Pegaremos a antiga estrada da praia e nos uniremos a seus homens na fronteira de Askatevar.

Ele se levantou e estendeu a mão. Wold, emburrado por ter sido forçado a esse compromisso, e ainda abalado por sua emoção, o ignorou. Umaksuman estava de pé em um instante, a mão contra a do distantino. Eles ficaram ali por um momento à luz do fogo como o dia e a noite: Agat escuro, sombrio, sério; Umaksuman de pele branca, olhos claros, radiante.

A decisão estava tomada, e Wold sabia que poderia impô-la aos outros Anciões. Também sabia que esta era a última decisão que ele tomaria. Podia enviá-los para a guerra, mas Umaksuman retornaria como líder dos guerreiros e, portanto, o líder mais forte entre os Homens de Askatevar. O ato de Wold era sua própria abdicação. Umaksuman seria o jovem chefe. Ele fecharia o círculo da Bateção de Pedra, ele lideraria os caçadores no Inverno, as investidas na Primavera, as grandes peregrinações nos longos dias de Verão. Seu Ano estava apenas começando...

— Podem ir — rosnou Wold para todos eles. — Convoque a Bateção de Pedra para amanhã, Umaksuman. Diga ao xamã para pegar um hann, um bem gordo, com bastante sangue.

Ele não falou com Agat. Eles saíram, todos os jovens altos. Wold se sentou agachado sobre suas pernas rígidas junto ao fogo, fitando as chamas amarelas como se fosse o coração de um esplendor perdido, o calor irrecuperável do Verão.

# V

# CREPÚSCULO NA FLORESTA

O distantino saiu da tenda de Umaksuman e ficou um minuto conversando com o jovem chefe, ambos olhando para o norte, olhos semicerrados contra o cortante vento cinzento. Agat movia a mão estendida como se falasse das montanhas. Uma rajada de vento carregou uma ou duas palavras do que ele dizia até Rolery, onde ela se encontrava, observando na trilha que levava para o portão da cidade. Enquanto o ouvia falar, um tremor percorreu seu corpo, uma pequena descarga de medo e escuridão em suas veias, fazendo-a lembrar de como aquela voz tinha falado em sua mente, em sua carne, chamando-a para ele.

Atrás disso, como um eco distorcido em sua memória, veio o comando áspero, exteriorizado como um tapa, quando na trilha da floresta ele se virou contra ela, dizendo para que fosse embora, que se afastasse dele.

De súbito, ela largou no chão os cestos que vinha carregando. Eles estavam se mudando hoje das tendas vermelhas da infância nômade dela para a toca de telhados de cumeeiras altas e salões e túneis e becos subterrâneos da Cidade Invernal, e todas as suas primas-irmãs e tias e sobrinhas se alvoroçavam e soltavam gritinhos, apressando-se para cima e para baixo pelas trilhas, entrando e saindo das tendas e dos portões com peles e caixas e bolsas e cestos e panelas. Ela largou sua carga ali, ao lado da trilha, e saiu na direção da floresta.

— Rolery! Ro-o-olery! — estrilaram as vozes que estavam sempre estrilando atrás dela, acusando, chamando, gritando às suas costas. Ela nunca se virava, sempre seguia em frente.

Assim que estava bem dentro da floresta, ela começou a correr. Quando todo o som das vozes se perdeu no silêncio gemente e farfalhante das árvores retesadas pelo vento, e nada mais lembrava o acampamento de seu povo, exceto um cheiro leve e amargo de fumaça de lenha ao vento, ela desacelerou.

Grandes troncos caídos bloqueavam a trilha agora, e era preciso escalar por cima deles ou rastejar por baixo, os galhos secos e duros rasgando suas roupas, ficando presos em seu capuz. A floresta não era segura naquele vento; mesmo agora, em algum lugar mais acima, na cordilheira, ela ouvia o estrondo distante de uma árvore tombando ante o empurrão do vento. Ela não ligava. Sentia vontade de descer novamente para aquelas areias cinzentas e ficar imóvel, perfeitamente imóvel, para assistir o paredão espumante de nove metros de água cair sobre ela... Com a mesma subitaneidade que disparara, ela parou, e ficou imóvel na trilha sob o crepúsculo.

O vento soprou, cessou, soprou. Um céu turvo se retorcia e se debruçava sobre a rede de galhos desfolhados. Já estava semiescuro ali. Toda a raiva e propósito se esvaíram da garota, deixando-a parada em um tipo de estupor assustado, encolhendo os ombros contra o vento. Algo branco lampejou à sua frente, e ela gritou, mas não se moveu. De novo o movimento branco passou, e então subitamente parou acima dela em um galho irregular: uma grande ave ou criatura, alada, branca como a neve, branca em cima e embaixo, com bico curto e afiado, que se abria e se fechava, e olhos prateados fixos. Agarrando o galho com quatro garras expostas, a criatura olhava para ela lá embaixo, e ela para a criatura lá em cima, nenhuma das duas se movendo. Os olhos prateados nunca piscaram. Abruptamente, quatro grandes asas se abriram, maiores do que a altura de um homem, e bateram em meio aos galhos, quebrando-os. A criatura bateu suas asas brancas e gritou, e então, quando o vento soprou, lançou-se no ar e abriu caminho pesadamente por entre os galhos e as nuvens carregadas.

— Um traztormenta — falou Agat, de pé na trilha, alguns metros atrás dela. — Supostamente, eles trazem as nevascas.

A grande criatura prateada tinha dissipado toda a astúcia de Rolery. A pequena precipitação de lágrimas que acompanhava todos os sentimentos fortes em sua raça a cegou por um instante. Ela pretendia resistir e zombar dele, debochar dele, tendo visto o ressentimento sob sua arrogância tranquila quando as pessoas em Tevar o ofendiam, tratando-o como o que ele era, um ser de uma espécie inferior. Porém, a criatura branca, a traztormenta, a assustara e ela explodiu, olhando diretamente para ele como olhara para a criatura:

— Eu te odeio, você não é um homem, eu te odeio!

E então suas lágrimas pararam, ela desviou o olhar, e os dois ficaram ali em silêncio por um bom tempo.

— Rolery — disse a voz calma. — Olhe para mim.

Ela não olhou. Ele se aproximou, e ela recuou, gritando:

— Não toque em mim! — Sua voz era parecida com o grito da traztormenta, o rosto distorcido.

— Controle-se — pediu ele. — Aqui: pegue a minha mão, pegue!

Ele a segurou enquanto ela lutava para se soltar e agarrou-lhe os pulsos com firmeza. Mais uma vez, eles ficaram ali sem se mover.

— Me solte — disse ela, finalmente, em sua voz normal.

Ele a soltou de imediato.

Ela respirou fundo.

— Você falou... eu te ouvi falar dentro de mim. Nas areias lá embaixo. Você pode fazer isso outra vez?

Ele a observava, alerta e quieto. Assentiu.

— Posso. Mas eu te disse que nunca mais o faria.

— Eu ainda ouço. Sinto a sua voz. — Ela colocou as mãos sobre as orelhas.

— Eu sei... Me desculpe. Quando te chamei, eu não sabia que você era uma FOVIALI... uma tevariana. É contra a lei. E, de qualquer forma, não deveria ter funcionado...

— O que é um FOVIALI?

— É como chamamos vocês.

— E como chamam a si mesmos?

— Homens.

Ela olhou ao redor deles para a floresta gemente ao crepúsculo, as fileiras cinzentas, o teto de nuvens se retorcendo. Este mundo cinzento em movimento era muito estranho, mas ela não estava mais com medo. O toque dele, o toque real de sua mão, cancelando a sensação insistente e impalpável de sua presença, lhe dera calma, uma calma que crescia conforme eles conversavam juntos. Ela via agora que estivera meio fora de si durante esse último dia e a noite.

— Todo o seu povo pode fazer aquilo... falar daquele jeito?

— Alguns podem. É uma habilidade que se pode aprender. Demanda prática. Venha aqui, sente-se um pouco. Passou por momentos difíceis.

Ele era sempre áspero e, no entanto, havia ali um traço, uma insinuação de algo bem diferente em sua voz agora: como se a urgência com a qual ele a chamara nas areias tivesse sido transmutada em um apelo infinitamente contido, inconsciente, um estender de mão. Eles se sentaram em uma árvore basuk caída a alguns metros da trilha. Ela notou o quanto era diferente o modo como ele se movia e se sentava comparado a um homem da raça dela; a disciplina de seu corpo, o conjunto de seus gestos, era muito de leve, mas completamente, não familiar. Ela estava particularmente cônscia das mãos de pele escura, entrelaçadas entre os joelhos dele. Ele prosseguiu.

— Seu povo poderia aprender mentefala, se quisesse. Mas nunca quiseram, acho que eles chamam isso de bruxaria... Nossos livros dizem que nós mesmos aprendemos isso com outra raça, muito tempo atrás, em um mundo chamado Rocannon. É uma habilidade e um dom.

— Você consegue *ouvir* minha mente quando quiser?

— Isso é proibido — disse ele, com tanta decisão que os medos dela nesse sentido foram praticamente descartados.

— Me ensine essa habilidade — pediu ela, com uma infantilidade repentina.

— Levaria o Inverno todo.

— Você levou o Outono todo?

— E parte do Verão também. — Ele sorriu de leve.

— O que significa FOVIALI?

— É uma palavra da nossa língua antiga. Significa "forma de vida altamente inteligente".

— Onde fica o outro mundo?

— Bem... há muitos deles. Lá fora. Para lá do sol e da lua.

— Então vocês realmente caíram do céu? Para quê? Como vocês vieram de trás do sol para o litoral daqui?

— Eu te conto, se você quiser ouvir, mas não é só uma lenda, Rolery. Há muitas coisas que não entendemos, mas o que sabemos de nossa história é verdadeiro.

— Eu escuto — sussurrou ela, na frase ritual, impressionada, mas não totalmente convencida.

— Bem, existiam muitos mundos lá fora em meio às estrelas, e muitos tipos de homens vivendo neles. Eles construíram naves capazes de navegar pela escuridão entre os mundos, e continuaram viajando e fazendo comércio e explorando. Eles se aliaram em uma Liga, como os seus clãs se aliam uns com os outros para formar uma Faixa. Mas existia um inimigo da Liga de Todos os Mundos. Um inimigo vindo de bem longe. Eu não sei a distância. Os livros foram escritos para homens que sabiam mais do que nós...

Ele estava usando palavras que soavam como palavras, mas que não significavam nada; Rolery se perguntou o que seria uma nave, o que seria um livro. Mas o tom grave e nostálgico com que ele contava sua história a cativava, e ela ouvia, fascinada.

— Por muito tempo, a Liga se preparou para lutar contra aquele inimigo. Os mundos mais fortes ajudaram os mais fracos a se armarem contra o inimigo, a se prepararem. Um pouco como nós estamos tentando nos preparar para enfrentar os gaal aqui. Mentescutar foi uma das habilidades que eles ensinaram, eu sei, e havia armas, dizem os livros, fogos capazes de queimar planetas inteiros e explodir as estrelas... Bem, durante aquela época, meu povo veio de seu mundo-natal para este aqui. Não muitos deles. Eles deviam fazer amizade com os seus povos e ver se eles queriam ser um dos mundos da Liga, e se unir contra o inimigo. Mas o inimigo chegou. A nave que trouxe o meu povo voltou para o lugar de onde veio, para ajudar a lutar na guerra, e algumas das pessoas foram com ela, e o... fala-distante através do qual aqueles homens conseguiam conversar um com o outro de um mundo para o outro foi junto. Mas alguns do meu povo ficaram aqui, fosse para ajudar este mundo caso o inimigo viesse para cá, ou porque não podiam voltar; não sabemos. Os registros deles dizem apenas que a nave partiu. Uma lança branca de metal, mais comprida do que uma cidade inteira, erguendo-se sobre uma pluma de fogo. Essas são as imagens dela. Acho que eles pensaram que ela voltaria em breve... Isso foi dez Anos atrás.

— E a guerra com o inimigo?

— Não sabemos. Não sabemos nada do que aconteceu desde o dia em que a nave foi embora. Alguns de nós acreditam que a guerra deve ter sido perdida, e outros acham que foi vencida, mas com dificuldade, e os poucos homens que restaram aqui foram esquecidos nos anos de luta. Quem sabe? Se sobrevivermos, algum dia descobriremos; se ninguém nunca vier, construiremos uma nave e vamos descobrir...

Seu tom era melancólico, irônico. A cabeça de Rolery girava com esses abismos de tempo e espaço e incompreensão.

— É difícil viver com isso — disse ela, após um tempo.

Agat riu, como se surpreso.

— Não; isso nos dá nosso orgulho. O que é difícil é se manter vivo em um mundo ao qual você não pertence. Cinco Anos atrás, éramos um grande povo. Olhe só para nós agora.

— Dizem que os distantinos nunca adoecem, isso é verdade?

— É. Não podemos pegar as suas doenças, e não trouxemos nenhuma das nossas. Mas sangramos quando nos cortamos, sabe... E envelhecemos, e morremos, como os humanos...

— Bem, mas é claro — disse ela, enojada.

Ele abandonou seu sarcasmo.

— Nosso problema é que não geramos crianças em número suficiente. Tantos são os abortos espontâneos e os natimortos, tão poucas gestações são concluídas.

— Ouvi dizer. Eu pensei a respeito. Vocês fazem as coisas de um jeito estranho. Concebem filhos em qualquer época do Ano, até durante o Pousio de Inverno... por que isso?

— Não temos como evitar, é assim que somos.

Ele riu outra vez, olhando para ela, mas ela estava muito séria agora.

— Eu nasci fora de época, no Pousio de Verão — contou Rolery. — Isso acontece conosco, mas muito raramente; e veja, quando o Inverno terminar, eu estarei velha demais para carregar um filho da Primavera. Nunca terei um filho. Algum velho vai me tomar como quinta esposa algum dia, mas o Pousio de Inverno começou, e quando a Primavera chegar eu estarei velha... Então, morrerei estéril. Para uma mulher, é melhor não ter nascido do que nascer fora da época como eu... E outra coisa: é verdade o que dizem, que um homem distantino toma apenas uma esposa?

Ele assentiu. Aparentemente, isso queria dizer o mesmo que um dar de ombros para ela.

— Bem, não é de se espantar que vocês estejam se acabando!

Ele sorriu, mas ela persistiu:

— Muitas esposas, muitos filhos. Se você fosse um tevariano, já teria cinco ou dez filhos! Você tem algum?

— Não. Eu não sou casado.

— Mas você nunca se deitou com uma mulher?

— Bem, sim — disse ele, e então continuou, mais assertivo: — É claro que sim! Mas quando queremos filhos, nós casamos.

— Se você fosse um de nós...

— Mas eu não sou um de vocês — disse ele. Silêncio se seguiu. Finalmente, ele falou com gentileza: — Não são os costumes e as tradições que fazem a diferença. Nós não sabemos o que há de errado, mas está na semente. Alguns médicos consideraram que, por esse sol ser diferente daquele sob o qual nossa raça nasceu, isso nos afeta, mudando a semente em nós pouco a pouco. E a mudança mata.

Outra vez se fez silêncio entre eles por algum tempo.

— Como era o outro mundo, o seu lar?

— Há músicas que nos contam como era — disse ele, mas quando ela perguntou timidamente o que era uma música, Agat não respondeu. Depois de uma pausa, continuou: — No lugar de onde eu vim, o mundo ficava mais próximo do sol, e o ano inteiro não durava nem uma fase lunar. É o que dizem os livros. Imagine, o Inverno inteiro durava apenas noventa dias...

Isso fez os dois rirem.

— A pessoa não teria tempo nem de acender uma fogueira — disse Rolery.

A escuridão real estava se infiltrando pela penumbra da floresta. A trilha na frente deles seguia indistinta, um vão apagado entre as árvores levando à esquerda para a cidade dela, e à direita, para a dele. Ali, no meio, havia apenas vento, ocaso, solidão. A noite chegava depressa. Noite e Inverno e guerra, uma época de morte.

— Estou com medo do Inverno — revelou ela, bem baixinho.

— Todos estamos — disse ele. — Como será?... Nós conhecemos apenas a luz do sol.

Não havia ninguém dentre o povo dela que algum dia tivesse rompido a solidão displicente e destemida de sua mente; sem nenhum amigo de sua idade, e também por escolha, ela sempre fora bem sozinha, seguindo seu próprio rumo e não se importando muito com ninguém. Agora, porém, enquanto o mundo se tornava cinza e nada oferecia promessa alguma além da morte, agora, quando ela sentia medo pela primeira vez, ela o encontrara, a figura escura perto da rocha--torre sobre o mar, e ouvira a voz que falava em seu sangue.

— Por que você nunca olha para mim? — perguntou ele.

— Vou olhar — disse ela —, se quiser que eu olhe.

Mas Rolery não olhou, embora soubesse que o estranho olhar penumbroso dele estava sobre ela. Finalmente, ela estendeu sua mão, e ele a tomou.

— Seus olhos são dourados — disse ele. — Eu quero... eu quero... Mas se soubessem que estamos juntos, mesmo agora...

— O seu povo?

— O seu. O meu não se importa com isso.

— E o meu não precisa ficar sabendo.

Ambos falavam quase em sussurros, mas com urgência, sem pausas.

— Rolery, eu parto para o norte daqui a duas noites.

— Eu sei disso.

— Quando eu voltar…

— Mas quando você não voltar! — gritou a garota, sob a pressão do terror que tomara conta dela com o fim do Outono, o medo do frio, da morte. Ele a segurou junto a si, dizendo baixinho para ela que voltaria. Enquanto ele falava, ela sentia os batimentos do coração dele e os batimentos do seu. — Eu quero ficar com você.

E ele estava dizendo:

— Eu quero ficar com você.

Estava escuro em torno deles. Quando se levantaram, eles andaram lentamente em uma escuridão acinzentada. Ela o acompanhou na direção da cidade dele.

— Aonde podemos ir? — perguntou ele, com uma risada meio amarga. — Isto não é como o amor no Verão… Há um abrigo de caça descendo pela cordilheira um pouco mais adiante… Eles sentirão sua falta em Tevar.

— Não — murmurou ela. — Eles não sentirão minha falta.

# VI

# NEVE

A vanguarda tinha partido; amanhã os Homens de Askatevar marchariam para o norte na trilha vaga e ampla que dividia sua Faixa, enquanto o grupo menor de Landin pegaria a antiga estrada ao longo da costa. Como Agat, Umaksuman julgara melhor manter as duas forças separadas até a véspera do combate. Eles eram aliados apenas pela autoridade de Wold. Muitos dos homens de Umaksuman, embora veteranos de muitos ataques e incursões antes da Paz Invernal, estavam relutantes em ir para esta guerra fora de estação; e uma facção considerável, mesmo dentro de seu próprio Clã, detestava tanto essa aliança com os distantinos que estavam prontos para causar todos os problemas possíveis. Ukwat e outros haviam dito abertamente que, quando acabassem com os gaal, cuidariam dos bruxos. Agat desconsiderou isso, prevendo que uma vitória modificaria, e uma derrota acabaria, o preconceito deles; mas isso preocupava Umaksuman, que não enxergava tão no futuro.

— Nossos batedores manterão você sob as vistas deles o tempo todo. Afinal, os gaal podem não esperar por nós na fronteira.

— O Vale Comprido debaixo do Topo do Penhasco seria um lugar bom para uma batalha — disse Umaksuman com seu sorriso faiscante. — Boa sorte, Alterra!

— Boa sorte para você, Umaksuman.

Eles se despediram como amigos, debaixo do portal de pedra cimentada com lama da Cidade Invernal. Quando Agat se virou, algo tremulou no ar turvo da tarde para lá do arco, um movimento oscilante e flutuante. Ele olhou para cima, assustado, e então se virou para trás.

— Olha só aquilo!

O nativo saiu das paredes e se postou ao lado dele por um momento, contemplando pela primeira vez algo saído das histórias dos anciãos. Agat estendeu a mão, a palma para cima. Um cisco branco bruxuleante tocou seu pulso e sumiu. O vale comprido de campos de restolho e pastagens esgotadas, o riacho, a entrada escura da floresta e as colinas mais distantes ao sul e a oeste, tudo parecia tremular muito de leve, recuar, conforme flocos caíam aleatoriamente do céu carregado, girando levemente para o lado, embora o vento tivesse diminuído.

Vozes infantis gritaram, empolgadas, atrás deles em meio aos telhados de madeira de cumeeiras altas.

— A neve é menor do que eu pensava — comentou Umaksuman finalmente, com um ar sonhador.

— Pensei que seria mais fria. O ar parece mais quente do que antes... — Agat se libertou do fascínio sinistro e encantador da queda rodopiante da neve. — Até nos encontrarmos no norte — disse, e, puxando o colarinho de pele mais para junto do pescoço para se proteger do toque estranho e penetrante dos flocos minúsculos, partiu na trilha para Landin.

A meio quilômetro floresta adentro, ele avistou a trilha lateral quase sem marcação que levava ao abrigo de caça e, ao passar por ela, sentiu como se em suas veias corresse luz líquida.

— Vamos lá, vamos lá — murmurou ele para si mesmo, impaciente com sua perda recorrente de autocontrole.

Ele havia entendido tudo perfeitamente nos breves intervalos que tivera hoje para pensar. Ontem à noite — tinha sido ontem à noite. Tudo bem, era isso e nada mais. Tirando o fato de que ela era, no fim das contas, uma FOVIALI e ele era humano, logo, não havia futuro naquilo; era tolice em outros sentidos também. Desde que ele vira o rosto dela nos degraus pretos sobre a maré, havia pensado nela e ansiado em vê-la, como um adolescente fantasiando com sua primeira garota; e se havia algo que ele odiava, era a estupidez, a obstinada estupidez da paixão descontrolada. Ela levava os homens a correrem riscos às cegas, a colocar em jogo coisas realmente importantes por um mero momento de luxúria, a perder o controle sobre seus próprios atos. Assim, para poder continuar no controle, ele havia ido com ela ontem à noite; aquilo era meramente sensato, para acabar logo com o arroubo. Foi o que ele disse mais uma vez para si mesmo, caminhando bem depressa por ali, com a cabeça erguida, enquanto a neve dançava, escassa, ao seu redor. Esta noite ele a veria de novo, pela mesma razão. Ao pensar nisso, uma onda de luz quente e um júbilo dolorido percorreram-lhe o corpo e a mente; ele os ignorou. Amanhã ele partiria para o norte, e se regressasse, então haveria tempo suficiente para explicar à garota que não poderia mais haver noites assim; nada mais de se deitarem juntos sobre o manto de pele no abrigo no coração da floresta, a luz das estrelas lá no alto e o frio e o grande silêncio por tudo ao redor... não, nada mais disso... A felicidade absoluta que ela lhe proporcionara se elevou nele como uma maré, afogando todo o pensamento. Ele cessou de dizer qualquer coisa para si mesmo. Caminhou rapidamente com seus passos largos na escuridão que se acumulava na floresta e, conforme andava, cantava baixinho, sem perceber, uma antiga canção de amor de sua raça exilada.

A neve mal penetrava os galhos. Estava escurecendo bem cedo, pensou ele, enquanto se aproximava do ponto onde a trilha se bifurcava, e essa foi a última coisa em sua mente quando algo prendeu seu tornozelo a meio passo e o fez tombar adiante. Ele aterrissou sobre suas mãos e estava já se levantando quando uma sombra à sua esquerda virou um homem, branco-prateado na penumbra, que o derrubou antes que ele acabasse de se levantar. Confuso pelo zumbido em seus ouvidos, Agat lutou para se livrar de algo que o segurava, e mais uma vez tentou se pôr de pé. Ele parecia ter perdido o senso de direção e não entendia o que estava acontecendo, embora tivesse uma impressão de que já houvesse ocorrido antes, e também de que não estava ocorrendo de verdade. Havia vários outros homens prateados com faixas descendo pelas pernas e braços, e eles o seguraram pelos braços enquanto outro veio e o golpeou com alguma coisa na boca. Houve dor, a escuridão estava cheia de dor e ira. Com uma convulsão furiosa e hábil do corpo todo, ele se libertou dos homens prateados, acertando um sob a mandíbula com o punho e o retirando de cena, jogando-o para trás; mas havia mais e mais deles, e ele não conseguiu se soltar uma segunda vez. Eles o espancaram e, quando Agat escondeu o rosto nos braços contra a lama da trilha, chutaram seus flancos. Ele ficou deitado pressionado contra a lama, bendita e inofensiva, tentando se esconder, e ouviu alguém respirando de modo muito estranho. Em meio a todo aquele barulho, também ouviu a voz de Umaksuman. Até ele, então... Mas Agat não se importava, desde que eles fossem embora, que o deixassem em paz. Estava escurecendo muito cedo.

Estava escuro; escuro feito breu. Ele tentou rastejar para a frente. Queria voltar para casa, para seu povo, que o ajudaria. Estava tão escuro que ele não conseguia enxergar as próprias mãos. Silenciosa e invisivelmente naquela escuridão total, a neve caía sobre ele e ao seu redor na lama e na camada de folhas que cobria o chão. Queria voltar para casa. Estava com muito frio. Tentou se levantar, mas não havia oeste nem leste, e enjoado de tanta dor, ele abaixou a cabeça sobre o braço. *Venham até mim,* tentou chamar na mentefala de Alterra, mas era difícil demais chamar de uma escuridão tão profunda. Era mais fácil ficar deitado bem ali. Nada poderia ser mais fácil.

Em uma casa alta de pedra em Landin, junto a um fogo de madeira, Alla Pasfal levantou a cabeça subitamente do livro que lia. Ela teve a distinta impressão de que Jakob Agat transmitia para ela, mas nenhuma mensagem veio. Era estranho. Existiam muitos subprodutos e efeitos colaterais e coisas inexplicáveis envolvidas na mentefala; muitas pessoas ali em Landin nunca a aprenderam, e aqueles que aprenderam, a utilizavam muito raramente. Ao norte, na colônia de Atlantika, eles mentefalavam com mais liberdade. Ela mesma era uma refugiada de Atlantika e se lembrava de como, no terrível Inverno de sua infância, ela mentefalava com os outros o tempo todo. E depois que sua mãe e seu pai morreram na grande fome, por toda uma fase lunar depois, várias e várias vezes ela os sentiu transmitindo para ela, sentiu a presença deles em sua mente — mas nenhuma mensagem, nenhuma palavra, silêncio.

*Jakob!* Ela o chamou pela mentefala, com força e intensidade, mas não houve resposta.

Ao mesmo tempo, no Arsenal, conferindo mais uma vez os suprimentos da expedição, Huru Pilotson abruptamente cedeu à inquietação que o atormentava o dia todo e explodiu:

— O que diabos Agat acha que está fazendo?

— Ele está bem atrasado — afirmou um dos rapazes do Arsenal. — Será que está lá em Tevar outra vez?

— Fortalecendo relações com os de cara farinhenta — disse Pilotson, dando uma risadinha sem humor, e fechou uma carranca. — Certo, vamos lá, vamos conferir as jaquetas.

Ao mesmo tempo, em uma sala revestida de madeira que lembrava cetim marfim, Seiko Esmit irrompeu em um surto de choro silencioso, retorcendo as mãos e lutando para não transmitir para ele, não o chamar, nem mesmo sussurrar o nome dele em voz alta:

— Jakob!

Ao mesmo tempo, a mente de Rolery ficou completamente escura por um tempo. Ela simplesmente se agachou, imóvel, onde estava.

Ela estava no abrigo de caça. Havia pensado que, com toda a confusão da mudança das tendas para as Casas-clã da cidade, quase tocas, sua ausência e seu retorno tarde da noite não teriam sido notados na noite passada. Hoje, porém, era diferente; a ordem foi restabelecida e sua partida seria vista. Assim, ela havia saído em plena luz do dia, como fazia com frequência, confiando que ninguém prestaria muita atenção nisso; tinha ido indiretamente para o abrigo, aninhando-se lá em suas peles e esperando até o anoitecer finalmente chegar e ele aparecer. A neve começara a cair; observá-la a deixava sonolenta; ela observava, perguntando-se, meio adormecida, o que deveria fazer amanhã. Pois ele teria partido. E todos do seu clã saberiam que ela passara a noite inteira fora. Mas isso era amanhã. O amanhã cuidaria de si mesmo. Isto era hoje, hoje... e ela adormeceu até subitamente acordar com um grande susto e se agachar ali por um tempo, a mente vazia, escura.

E então, de súbito, ela se levantou apressada e, com a pedra e as tralhas de acender fogo, acendeu o cesto-lanterna que havia levado consigo. Seguindo esse brilho ínfimo, ela desceu a colina até chegar à trilha, então hesitou e se virou para o oeste. Uma vez ela parou e disse em um sussurro:

— Alterra...

A floresta estava perfeitamente quieta na noite. Ela prosseguiu até encontrá-lo caído na trilha.

A neve, caindo mais espessa agora, raiava a luz fraca e curta da lanterna. Começava a se acumular no solo em vez de derreter, e tinha formado uma fina camada branca por cima do casaco rasgado dele, e até em seus cabelos. Ela se sentou na lama úmida e coberta de neve ao lado dele e colocou a cabeça dele sobre seus joelhos.

Ele se moveu e soltou algo como um gemido, e com isso, Rolery voltou a si. Ela parou seu gesto inútil de afastar a neve pulverizada sobre os cabelos e o colarinho dele e ficou ali, sentada e atenta, por um minuto. Em seguida, tornou a deitá-lo no chão, levantou-se, automaticamente tentou limpar o sangue grudento de sua mão e, com o auxílio da lanterna, começou a procurar por algo nas bordas da trilha. Encontrou o que precisava e começou a trabalhar.

A luz do sol, suave e fraca, atravessava obliquamente o quarto. Naquele calor, era difícil acordar, e ele deslizou repetidas vezes de volta para as águas do sono, um lago profundo e sem marés. Mas a luz sempre o trazia de volta à tona e, finalmente, ele despertou, vendo as altas paredes cinzentas ao seu redor e os feixes de luz do sol passando pelo vidro.

Ele ficou parado enquanto o raio de luz dourada e pálida desaparecia e voltava, escorregava pelo piso e se acumulava na parede mais distante, erguendo-se cada vez mais alto, adquirindo tons avermelhados. Alla Pasfal entrou e, vendo que ele estava acordado, gesticulou para que alguém atrás dela continuasse do lado de fora. Ela fechou a porta e veio se ajoelhar junto dele. As casas alterranas eram parcamente mobiliadas; eles dormiam em estrados sobre o piso acarpetado, e como cadeiras, usavam, no máximo, uma almofada fina. Logo, Alla ajoelhou-se e olhou para Agat, seu rosto escuro e cansado iluminado fortemente pelo feixe avermelhado de sol. Não havia compaixão no rosto dela enquanto olhava para ele.

Ela havia suportado coisas demais, quando ainda era jovem demais, para que a piedade e os escrúpulos se erguessem de suas profundezas, e em sua velhice, era deveras impiedosa. Ela meneou a cabeça um pouco de um lado para o outro enquanto dizia baixinho:

— Jakob... O que foi que você fez?

Ele descobriu que sua cabeça doía quando tentou falar, assim, sem ter uma resposta real, manteve-se imóvel.

— O que foi que você fez?

— Como eu cheguei em casa? — perguntou Agat, afinal, articulando tão mal as palavras com a boca arrebentada que ela ergueu a mão para fazê-lo parar.

— Como você chegou aqui, foi isso o que perguntou? Ela te trouxe. A garota FOVIALI. Ela fez uma espécie de padiola com alguns galhos e as peles dela, rolou você para cima dela e te arrastou pela ponte até o Portão da Terra. À noite, na neve. Não restava nada nela além das calças. Ela teve que rasgar a túnica para te amarrar na padiola. Esses FOVIALI são mais resistentes do que o couro com que se vestem. Ela disse que a neve deixou mais fácil puxar... Não há mais nenhuma neve agora. Isso foi na noite de anteontem. Você teve um belo descanso, no geral.

Ela lhe serviu um copo de água da jarra em uma bandeja próxima e o ajudou a beber. De perto, acima dele, o rosto dela parecia muito velho, delicado devido à idade. Ela disse para ele com a mentefala, incrédula: *Como pôde fazer isso? Você sempre foi um homem orgulhoso, Jakob!*

Ele respondeu da mesma forma, sem palavras. Colocado em palavras, o que ele disse a ela foi: *Não consigo viver sem ela.*

A mulher mais velha se encolheu fisicamente diante da intensidade da paixão dele e, como se em autodefesa, falou em voz alta:

— Mas que momento para escolher ter um caso amoroso, um romance! Quando todo mundo dependia de você...

Ele repetiu o que havia dito a ela, pois era a verdade e tudo o que ele podia lhe dizer. Ela o repreendeu com aspereza: *Mas você não vai se casar com ela, então é melhor aprender a viver sem ela.*

Ele respondeu apenas: *Não.*

Ela se apoiou nos calcanhares por um tempo. Quando sua mente se abriu para a dele de novo, foi com uma grande amargura. *Bem, vá em frente, que diferença faz? A esta altura, tudo o que fizermos, qualquer um de nós, sozinhos ou juntos, está errado. Não temos como fazer o que é certo, aquilo que trará sorte. Só podemos continuar cometendo suicídio, pouco a pouco, um por um. Até todos desaparecermos, até Alterra desaparecer, todos os exilados mortos...*

— Alla — interrompeu ele em voz alta, abalado pelo desespero dela —, o... os homens foram...?

— Que homens? Nosso exército? — disse ela, as palavras sarcásticas. — Se eles marcharam para o norte ontem, sem você?

— Pilotson...

— Se Pilotson os liderasse para algum lugar, teria sido para atacar Tevar. Para vingar você. Ele estava ensandecido de fúria ontem.

— E eles...?

— Os FOVIALI? Não, claro que eles não foram. Quando ficaram sabendo que a filha de Wold estava fugindo para dormir com um distantino na floresta, a facção de Wold recebeu uma certa quantidade de ridículo e descrédito, você entende isso, não? Claro, é mais fácil enxergar depois do fato; mas eu teria pensado que...

— Pelo amor de Deus, Alla.

— Tudo bem. Ninguém foi para o norte. Ficamos aqui esperando que os gaal cheguem quando bem entenderem.

Jakob Agat ficou muito imóvel, tentando se impedir de mergulhar de cabeça no buraco negro que se abria sob ele.

Era o abismo vazio e real de seu próprio orgulho: a arrogância enganadora da qual todos os seus atos tinham brotado; a mentira. Se ele se afogasse, não tinha importância. Mas e seu povo, a quem ele havia traído?

Alla o chamou mentalmente depois de um tempo: *Jakob, era uma esperança muito pequena, na melhor das hipóteses. Você fez o que pôde. Homens e não homens não podem trabalhar juntos. Seiscentos anos-de-casa de fracasso deveriam ter lhe ensinado isso. Sua tolice foi apenas o pretexto deles. Se não tivessem se voltado contra nós por causa disso, teriam encontrado outro motivo muito em breve. Eles são nossos inimigos tanto quanto os gaal. Ou o Inverno. Ou o resto deste planeta, que não nos quer. Não podemos fazer aliança com mais ninguém além de nós mesmos. Estamos por nossa conta. Nunca estenda a mão para qualquer criatura que pertença a este mundo.*

Ele separou sua mente da dela, incapaz de suportar a certeza daquele desespero. Tentou ficar deitado, fechar-se em si mesmo, retrair-se, mas algo o preocupava insistentemente, arrastava sua consciência, até que, de súbito, ficou claro, e ele lutou para se sentar enquanto gaguejava:

— Onde ela está? Você não a mandou de volta...

Vestindo um manto branco alterrano, Rolery estava sentada de pernas cruzadas, um pouco afastada de onde ele e Alla estiveram. Alla tinha ido embora; Rolery estava ali ocupada com algum trabalho, remendando uma sandália, pelo jeito. Ela parecia não ter notado que ele falara; talvez ele tivesse falado apenas em sonho. Mas logo ela disse em sua voz leve:

— Aquela mulher aborreceu você. Ela poderia ter esperado. O que você pode fazer agora?... Acho que nenhum deles sabe como dar seis passos sem você.

O último vermelho da luz do sol formou uma glória desbotada na parede atrás dela. Ela se sentava com um rosto tranquilo, os olhos voltados para baixo como sempre, distraída com o remendo da sandália.

Na presença dela, tanto culpa quanto dor se aliviavam e assumiam suas devidas proporções. Com ela, ele era ele mesmo. Falou o nome dela em voz alta.

— Ah, durma agora; falar te faz mal — disse ela, com um lampejo de sua zombaria tímida.

— Você vai ficar? — perguntou ele.

— Vou.

— Como minha esposa — insistiu ele, reduzido, pela necessidade e pela dor, ao mais básico. Agat imaginava que o povo dela a mataria caso voltasse para eles; não tinha certeza do que seu próprio povo poderia fazer com ela. Ele era sua única defesa, e queria que a defesa fosse certa.

Ela abaixou a cabeça como se em aceitação; ele não conhecia os gestos dela bem o bastante para ter certeza. Espantou-se um pouco com o silêncio dela agora. Baseado no pouco que a conhecia, ela sempre fora rápida em movimentos e emoções. Mas havia sido pouquíssimo tempo... Enquanto ela ficava ali sentada trabalhando, sua quietude o foi penetrando e, com isso, ele sentiu suas forças começando a voltar.

# VII

# A SULADA

Brilhante acima dos telhados de cumeeiras altas ardia a estrela cuja ascensão anunciava o início do Inverno, tão tristemente brilhante quanto Wold se lembrava dela na infância, há sessenta fases lunares. Até a grande e delgada lua crescente, do lado oposto ao dela no céu, parecia mais pálida do que a Estrelaneve. Uma nova fase lunar começava, e uma nova estação. Mas não auspiciosamente.

Seria verdade o que os distantinos diziam, que a lua era um mundo como Askatevar e as outras Faixas, embora sem criaturas vivas, e que as estrelas também eram mundos, onde homens e feras viviam, e o Verão e o Inverno chegavam?... Que tipo de homem habitaria a Estrelaneve? Seres terríveis, brancos como a neve, com bocas pálidas sem lábios e olhos flamejantes, passaram determinados pela imaginação de Wold. Ele balançou a cabeça e tentou prestar atenção no que os outros Anciões diziam. Os batedores voltaram depois de apenas cinco dias, com vários rumores do norte; e os Anciões tinham preparado uma fogueira no grande campo de Tevar e convocado uma Bateção de Pedra. Wold chegara por último e fechara o círculo, pois nenhum outro homem ousou fazê-lo; mas era fútil, humilhante para ele. Pois a guerra que ele havia declarado não fora travada, os homens que ele enviara não partiram, e a aliança que ele fizera tinha sido rompida.

Ao seu lado, silencioso como ele, sentava-se Umaksuman. Os outros gritavam e discutiam, sem chegar a lugar algum. O que esperavam? Nenhum ritmo havia surgido da bateção de pedra, apenas barulheira e conflito. Depois daquilo, podiam esperar concordar em alguma coisa? Tolos, tolos, pensou Wold, olhando feio para o fogo que estava distante demais para aquecê-lo. Os outros eram, em sua maioria, jovens; mantinham-se aquecidos com sua juventude e gritando uns com os outros. Ele, porém, era um velho, e nem as peles o esquentavam sob o olhar implacável da Estrelaneve e o vento do Inverno. Suas pernas doíam agora por causa do frio, seu peito ardia, e ele não sabia nem se importava com o motivo pelo qual estavam todos brigando.

Umaksuman se pôs subitamente de pé.

— Escutem! — disse ele, e o trovão em sua voz (*ele puxou a mim nisso,* pensou Wold) os compeliu a prestar atenção, embora zombarias e resmungos ainda se fizessem ouvir.

Até aquele momento, embora todos tivessem uma boa ideia do que tinha acontecido, a causa ou o pretexto imediato do desentendimento deles com Landin não havia sido motivo de discussão fora das paredes da Casa-clã de Wold; simplesmente foi anunciado que Umaksuman não lideraria a incursão, que não haveria uma incursão, e que poderia haver um ataque dos distantinos. Aqueles das outras casas, que não sabiam de nada sobre Rolery ou Agat, entendiam o que estava envolvido de fato: uma disputa de poder entre facções do clã mais poderoso. Isso vinha se desdobrando discretamente em cada discurso feito na Bateção de Pedra, cujo tema era, nominalmente, se os distantinos deveriam ser tratados como inimigos quando encontrados do lado de fora das muralhas.

Agora Umaksuman falava:

— Escutem, Anciões de Tevar! Vocês dizem isso, vocês dizem aquilo, mas não têm mais nada a dizer. Os gaal estão vindo; em três dias, estarão aqui. Fiquem quietos e vão afiar suas lanças, vão vigiar nossos portões e muralhas, porque o inimigo vem, eles se aproximam... vejam!

Ele jogou o braço para o norte e muitos se viraram para olhar para onde ele apontava, como se esperando que as hordas da Sulada irrompessem pela muralha naquele momento, tão urgente era a retórica de Umaksuman.

— Por que você não vigiou o portão por onde a sua parente saiu, Umaksuman?

Agora tinha sido dito.

— Ela é sua parente também, Ukwet — respondeu Umaksuman, e sua voz era cheia de ira.

Um deles era filho de Wold, o outro, seu neto; eles falavam de sua filha. Pela primeira vez na vida, Wold conheceu a vergonha, uma vergonha descarada, indefesa, perante todos os melhores homens de seu povo. Permaneceu sentado, imóvel, com a cabeça baixa.

— Ela é, sim; e por minha causa, nenhuma vergonha recai sobre nosso Clã! Eu e meus irmãos arrebentamos a cara imunda daquele com quem ela se deitou, e eu estava prestes a castrá-lo, como animais machos devem ser castrados, mas então você nos impediu, Umaksuman. Você nos impediu com sua conversa fiada...

— Eu os impedi para não termos que lutar contra os distantinos também, além dos gaal, seu tolo! Ela tem idade para se deitar com um homem se assim quiser, e isso não é...

— Ele não era um homem, parente, e eu não sou tolo.

— Você é um tolo, sim, Ukwet, porque usou isso como desculpa para arranjar briga com os distantinos, e assim perdeu nossa única chance de desviar os gaal!

— Eu não te escuto, mentiroso, traidor!

Eles se encontraram com um berro no meio do círculo, machados em mãos. Wold se levantou. Os homens sentados perto dele olharam para cima esperando que ele, como Ancião e chefe de clã, impedisse a luta. Mas ele não o fez. Ele deu as costas para o círculo rompido e, em silêncio, com seu andar rígido e pesado, pegou a viela entre os tetos altos e íngremes sob beirais salientes até a casa de seu Clã.

Desceu laboriosamente degraus de terra para o calor abafado e fumarento da imensa sala escavada. Mulheres e meninos se aproximaram, perguntando-lhe se a Bateção de Pedra tinha terminado e por que ele viera sozinho.

— Umaksuman e Ukwet estão brigando — informou Wold para se livrar deles, e sentou-se junto ao fogo, as pernas esticadas para a fogueira.

Nada de bom resultaria disso. Nada de bom resultaria de mais nada, nunca mais. Quando mulheres em lágrimas trouxeram o corpo de seu neto Ukwet, um grosso rastro de sangue pingando atrás delas por causa do crânio rachado por um machado, ele observou sem se mover nem falar.

— Umaksuman o matou, seu parente, seu irmão! — gritaram as esposas de Ukwet para Wold, que não levantou a cabeça.

Finalmente, ele olhou para elas, pesadamente, como um bicho velho acossado por caçadores, e disse, com a voz rouca:

— Fiquem quietas... Por que vocês não conseguem ficar quietas?...

Nevou de novo no dia seguinte. Eles enterraram Ukwet, o primeiro morto do Inverno, e a neve caiu sobre o rosto do cadáver antes que a cova fosse coberta. Wold pensou, então e mais tarde, em Umaksuman, proscrito, sozinho nas colinas, na neve. Quem estava melhor?

Sua língua estava muito grossa, e ele não gostava de falar. Ficava junto ao fogo e não tinha certeza, às vezes, se era dia ou noite lá fora. Ele não dormia bem; parecia, de alguma forma, estar sempre acordando. Havia acabado de acordar quando o barulho começou do lado de fora, na terra lá em cima.

As mulheres vieram gritando das salas laterais, agarrando seus pequenos Outonatos.

— Os gaal, os gaal! — berravam elas.

Outras ficaram quietas, como convinha às mulheres de uma grande casa, e puseram o lugar em ordem e se sentaram para esperar.

Nem um homem veio procurar Wold.

Ele sabia que não era mais um chefe; mas será que também não era mais um homem? Será que deveria ficar com os bebês e as mulheres junto ao fogo, em um buraco no chão?

Wold suportara a vergonha pública, mas a perda de respeito por si mesmo ele não podia suportar, e, tremendo um pouco, levantou-se e começou a revirar seu antigo baú pintado em busca do colete de couro e da lança pesada, a mesma lança com a qual matara um ghoul das neves sozinho, muito tempo atrás. Ele estava rígido e pesado agora, e todas as estações brilhantes tinham se passado desde então, mas ele ainda era o mesmo homem, o mesmo que havia matado com aquela lança na neve de outro inverno. Não era o mesmo homem? Eles não deveriam tê-lo deixado ali junto ao fogo quando o inimigo chegou.

As mulheres tolas vieram gritando ao redor dele, que ficou confuso e zangado. Mas a velha Kerly espantou a todas, devolveu-lhe sua lança que uma delas havia tirado dele, e prendeu em seu pescoço a capa de pele de korio cinza que ela havia feito para ele no outono. Ainda restava uma que sabia o que era um homem. Ela o observou em silêncio, e ele sentiu o orgulho enlutado dela. Assim, andou muito ereto. Ela era uma velha ranzinza, e ele, um velho tonto, mas o orgulho permanecia. Ele subiu para o dia frio e claro, ouvindo além das muralhas o chamado de vozes estrangeiras.

Homens se reuniam na plataforma quadrada sobre a chaminé da Casa da Ausência. Eles abriram caminho para Wold quando ele se arrastou escada acima. Estava ofegante e tremendo tanto que a princípio, não pôde ver nada. E então viu. Por um momento, esqueceu-se de tudo ante aquela visão inacreditável.

O vale que serpenteava do norte para o sul acompanhando a base do Monte Tevar até o vale do rio, a leste da floresta, estava cheio — cheio como o rio na época das cheias, lotado, transbordando de gente. Moviam-se para o sul, uma inundação lenta, atabalhoada, escura, esticando-se e contraindo-se, parando e recomeçando, entre gritos, berros, chamados, estalos de chicotes, o bramido rouco dos hann, o choro de bebês, o canto discordante dos puxadores de padiola; o lampejo de cor de uma tenda de feltro vermelho enrolada; as pulseiras pintadas de uma mulher, uma fumaça vermelha, uma ponta de lança; o fedor, o barulho, o movimento — sempre o movimento, indo rumo ao sul; a Sulada. Mas em todos os tempos passados, nunca existiu uma Sulada como esta, tantos assim juntos. Até onde os olhos podiam alcançar pelo vale se expandindo ao norte, havia mais deles vindo, e atrás deles, mais, e atrás deles, mais. E esses eram apenas as mulheres e as crianças e o comboio de bagagens... Ao lado dessa lenta torrente de pessoas, a Cidade Invernal de Tevar não era nada. Um cascalho na beira de um rio em inundação.

A princípio, Wold se sentiu nauseado; depois se animou e logo disse:

— É algo maravilhoso...

E era, essa migração de todas as nações do norte. Ele ficou contente por tê-la visto. O homem ao lado dele, um

Ancião, Anweld do Clã Siokman, deu de ombros e respondeu, baixinho:

— Mas é o nosso fim.

— Se eles pararem aqui.

— Esses não vão parar. Mas os guerreiros vêm logo atrás.

Eram tão fortes, tão seguros em sua quantidade, que seus guerreiros vinham atrás...

— Eles precisarão de nossos mantimentos e nossos rebanhos esta noite, para alimentar todo esse povo — prosseguiu Anweld. — Assim que esses passarem, os outros atacarão.

— Mande nossas mulheres e crianças para as colinas a oeste, então. Esta Cidade não passa de uma armadilha contra uma força assim.

— Eu escuto — disse Anweld, dando de ombros em concordância.

— Agora! Depressa! Antes que os gaal nos cerquem.

— Isso foi dito e escutado. Mas outros dizem que não podemos mandar nossas mulheres lá para fora para lutarem por conta própria, enquanto nós ficamos abrigados dentro das muralhas.

— Então vamos embora com elas! — rosnou Wold. — Será que os Homens de Tevar não conseguem decidir nada?

— Eles não têm nenhum líder — disse Anweld. — Eles seguem esse ou aquele, e não seguem ninguém.

Dizer mais pareceria estar culpando Wold e seus parentes; ele não falou mais nada, exceto:

— Então nós esperamos aqui para sermos destruídos.

— Vou mandar minhas parentes saírem — disse Wold, enojado pela desesperança fria de Anweld, e deixou o grandioso espetáculo da Sulada para descer pela escada e ir dizer para seus parentes se salvarem enquanto havia alguma chance. Pretendia partir com eles, pois não havia como lutar contra aqueles números, e alguns, alguns poucos do povo de Tevar precisavam sobreviver.

No entanto, os homens mais jovens de seu clã não concordavam e não aceitavam as ordens dele. Eles ficariam e lutariam.

— Mas vocês vão morrer — disse Wold —, e suas mulheres e filhos podem continuar livres, se não estiverem aqui com vocês.

Sua língua estava espessa de novo. Eles mal esperaram que ele terminasse.

— Nós vamos vencer os gaal — disse um neto jovem. — Somos guerreiros!

— Tevar é uma cidade forte, Ancião — lembrou outro, persuasivo, lisonjeiro. — Você nos disse e nos ensinou a construí-la bem.

— Ela vai resistir ao Inverno — falou Wold. — Não a dez mil guerreiros. Eu preferiria ver minhas mulheres morrerem de frio nas colinas desoladas do que viverem como prostitutas e escravas dos gaal.

Mas eles não estavam ouvindo, apenas esperando ele terminar de falar.

Wold tornou a sair, mas agora estava cansado demais para subir as escadas para a plataforma outra vez. Encontrou um lugar para esperar, fora do caminho das idas e vindas nas vielas estreitas: um nicho junto a um contraforte da muralha sul, não muito longe do portão. Se escalasse o contraforte inclinado de tijolos de barro, poderia olhar por cima da muralha e assistir à passagem da Sulada; quando o vento entrasse por baixo de sua capa, podia se agachar, os joelhos contra o peito, e conseguir um pouco de abrigo no ângulo. Por um tempo, o sol brilhou sobre ele ali. Ele se encolheu em seu calor e não pensou em muita coisa. Uma ou duas vezes olhou para cima, para o sol, o sol de Inverno, velho, fraco pela idade.

As gramas de inverno — as plantinhas de vida curta e florada apressada que proliferavam entre as nevascas até o Meio do Inverno, quando a neve não derretia e nada sobrevivia além da safraneve sem raiz — já brotavam pelo solo pisoteado abaixo da muralha. Algo sempre vivia, cada criatura esperando seu momento ao longo do grande Ano, florescendo e morrendo para esperar de novo.

As longas horas passaram.

Houve choro e gritos no canto noroeste das muralhas. Homens passaram correndo pelas vias da cidadezinha, as vielas com largura apenas para um homem debaixo dos beirais pendentes. Em seguida, o rugido dos gritos estava atrás de Wold e do lado de fora do portão à sua esquerda. O alto portão de madeira que se abria por dentro por meio de longas polias estremeceu em sua estrutura. Estavam batendo um tronco contra ele. Wold se levantou com dificuldade; tinha ficado tão rígido sentado ali no frio que não conseguia sentir as pernas. Ele se apoiou por um minuto em sua lança, depois conseguiu um apoio encostando as costas no contraforte e manteve sua lança a postos, não com o arremessador, mas preparado para usá-la a curta distância.

Os gaal deviam estar usando escadas, pois já se encontravam dentro da cidade no lado norte, ele podia perceber pelo barulho. Uma lança passou voando acima dos telhados, errando o alvo por causa do arremessador. O portão sacudiu de novo. Nos velhos tempos, eles não tinham escadas nem aríetes, não vinham aos milhares, mas sim em tribos esfarrapadas, bárbaros covardes, correndo para o sul antes do frio, sem parar para viver e morrer em sua própria Faixa como faziam os homens de verdade... Veio um com uma cara branca e larga e uma pluma vermelha em seu chifre de cabelo emplastrado de piche, correndo para abrir o portão por dentro. Wold deu um passo à frente e disse:

— Pare aí mesmo!

O gaal olhou para trás e o velho cravou sua lança de cabeça de ferro com um metro e oitenta na lateral do corpo do inimigo, por baixo das costelas, enterrando profundamente.

Ele ainda tentava retirá-la de seu corpo trêmulo quando, atrás dele, o portão da cidade começou a se romper. Era uma visão medonha, a madeira se rasgando como couro podre, o focinho de um tronco grosso se metendo por ali. Wold largou sua lança na barriga do gaal e correu pela viela, pesadamente, aos tropeços, na direção da Casa de seu Clã. Os tetos de madeira de cumeeiras altas da cidade estavam todos em chamas à sua frente.

# VIII

# NA CIDADE ALIENÍGENA

A coisa mais estranha em toda a estranheza desta casa era a pintura na parede da vasta sala no andar inferior. Quando Agat saiu e os cômodos quedaram mortalmente quietos, ela ficou olhando para essa imagem até a imagem se tornar o mundo e Rolery, a parede. E o mundo era uma rede: uma rede profunda, como galhos se entrelaçando na floresta, como correntezas intercorrentes na água, prateada, cinza, preta, salpicada de verde e rosa e um amarelo como o do sol. Ao se observar a rede, era possível ver nela, em meio a ela, urdido nela e entrelaçando-a, padrões e figuras, feras, árvores, gramas, homens e mulheres e outras criaturas, grandes e pequenas, algumas como os distantinos e outras, não; e silhuetas estranhas, caixas montadas sobre pernas redondas, pássaros, machados, lanças prateadas e penachos de fogo, rostos que não eram rostos, pedras com asas e uma árvore cujas folhas eram estrelas.

— O que é aquilo? — perguntou ela à mulher distantina a quem Agat pedira para que cuidasse dela, parente dele.

Ela, a seu modo, em um esforço para ser gentil, respondeu:

— Uma pintura, um desenho… seu povo faz desenhos, não?

— Faz, um pouco. Sobre o que fala?

— Sobre nossos mundos e nosso lar. Você vê as pessoas nela... Foi pintada há muito tempo, no primeiro Ano de nosso exílio, por um dos filhos de Esmit.

— O que é aquilo? — perguntou Rolery, apontando de uma distância respeitosa.

— Um edifício. O Grande Salão da Liga no mundo chamado Davenant.

— E aquilo?

— Um érucarro.

— Eu escuto de novo — disse Rolery, polidamente. Ela agia com seus melhores modos a todo momento agora, mas quando Seiko Esmit pareceu não entender a formalidade, ela perguntou: — O que é um érucarro?

A distantina empurrou os lábios para fora de leve e falou, indiferente:

— Um... negócio para andar, como um... bem, vocês não usam nem rodas, como posso te explicar? Você já viu nossas carroças com rodas? Viu? Bem, isso é como uma carroça onde você pode entrar para andar, mas voava no céu.

— O seu povo consegue construir esse tipo de carro agora? — questionou Rolery, em puro assombro, mas Seiko entendeu errado a pergunta.

Ela retrucou com rancor:

— Não. Como poderíamos manter tais habilidades aqui, quando a Lei nos obrigou a não nos elevarmos acima do nível de vocês? Por seiscentos anos o seu povo fracassou em descobrir o uso de rodas!

Desolada neste lugar estranho, exilada de seu povo e agora sozinha, sem Agat, Rolery tinha medo de Seiko Esmit e de todas as pessoas e todas as coisas que via. Mas não seria escarnecida por uma mulher com ciúmes, uma mulher mais velha. Ela disse:

— Eu pergunto para aprender. Mas acho que o seu povo não está aqui há seiscentos anos.

— Seiscentos anos-de-casa são dez Anos aqui. — Após um momento, Seiko Esmit continuou. — Veja só, nós não sabemos de tudo sobre os érucarros e muitas outras coisas que pertenciam ao nosso povo porque, quando nossos ancestrais vieram para cá, tinham jurado obedecer a uma lei da Liga que os proibia de utilizar muitas coisas diferentes das coisas que as pessoas nativas usavam. Isso foi chamado de Embargo Cultural. Com o tempo, teríamos ensinado a vocês como construir coisas como carroças com rodas. Mas a Nave partiu. Poucos de nós ficaram aqui, sem nenhuma notícia da Liga, e encontramos muitos inimigos entre as suas nações naquele tempo. Foi difícil para nós seguir a Lei e também manter o que tínhamos e o que sabíamos. Então talvez tenhamos perdido muita habilidade e conhecimento. Nós não sabemos.

— Foi uma lei estranha — murmurou Rolery.

— Ela foi feita para o bem de vocês, não o nosso — disse Seiko em sua voz apressada, no sotaque duro e característico dos distantinos, como o de Agat. — Nos Cânones da Liga que estudamos na infância, está escrito: *Nenhuma Religião ou Congruência será disseminada, nenhuma técnica ou teoria será ensinada, nenhum conjunto ou padrão cultural será exportado, nem falas paraverbais serão usadas com nenhuma forma de vida altamente inteligente que não se comunique, em Planeta Colonial algum, até que isso seja julgado pelo Conselho da Área com o consentimento da Plenária que tal planeta está pronto para o Controle ou para a Adesão...* Veja bem, isso significa que nós tínhamos que viver exatamente como vocês vivem. E se não o fizermos, nós quebramos nossa própria Lei.

— Isso não nos prejudicou em nada — disse Rolery. — E não foi muito bom para vocês.

— Vocês não podem nos julgar — falou Seiko com aquela frieza rancorosa; depois, se controlando mais uma vez: — Há trabalho a ser feito agora. Você vem?

Submissa, Rolery seguiu Seiko. Porém, olhou para trás de relance, para a pintura, enquanto saíam. Ela tinha uma completude maior do que qualquer outro objeto que ela já tinha visto. Sua complexidade sombria, prateada, desconcertante a afetava de forma semelhante à presença de Agat; e quando ele estava com ela, ela o temia, mas a nada mais. Nada, nem ninguém.

Os combatentes de Landin haviam partido. Eles tinham alguma esperança, por meio de ataques e armadilhas de guerrilha, de forçar os gaal a seguirem para o sul, na direção de vítimas menos agressivas. Era uma esperança tênue, e as mulheres trabalhavam para preparar a cidade para um cerco. Seiko e Rolery se apresentaram ao Salão da Liga na grande praça, e receberam a tarefa de ajudar a recolher os rebanhos de hann dos campos compridos ao sul da cidade. Vinte mulheres partiram juntas; cada uma, ao sair do Salão, recebeu um pacote com pão e coalhada de leite de hann, pois ficaria fora o dia inteiro. Conforme a forragem ia rareando, os rebanhos haviam se dispersado para o sul, entre a praia e as cordilheiras costeiras. As mulheres caminharam por cerca de treze quilômetros para o sul e então voltaram, ziguezagueando para lá e para cá, coletando e empurrando os animaizinhos silenciosos e peludos em número cada vez maior.

Rolery via as distantinas sob outro ângulo agora. Elas pareciam delicadas, infantis, com suas roupas leves e macias, as vozes lépidas e lépidas mentes. Mas aqui estavam elas, nas colinas contornadas de neve, em peles e calças como mulheres humanas, conduzindo os rebanhos lerdos e peludos para o vento norte, trabalhando juntas, de forma inteligente e determinada. Elas eram maravilhosas com os bichos, parecendo mais liderá-los do que conduzi-los, como se tivessem algum domínio sobre eles. Elas percorreram a estrada para o Portão do Mar depois que o sol já havia se posto, um punhado de mulheres em um mar peludo de animais de ancas altas trotando. Quando as muralhas de Landin ficaram à vista, uma mulher elevou sua voz e cantou. Rolery nunca tinha ouvido uma voz fazer esse jogo com afinação e tempo. Aquilo fez seus olhos piscarem e sua garganta doer, e seus pés na estrada escura bateram no ritmo da música. O canto passou de voz em voz, subindo e descendo a estrada; elas cantavam sobre um lar perdido que elas mesmas nunca conheceram, sobre urdir tecidos e costurar pedras preciosas neles, sobre guerreiros mortos na guerra; havia uma música sobre uma garota que enlouqueceu por amor e se jogou no mar: "Ah, as ondas rolam bem longe, na frente da maré..." Vozes doces, transformando a dor em música, elas vinham com os rebanhos, vinte mulheres caminhando no escuro e na ventania. A maré tinha subido, uma escuridão murmurante sobre as dunas à esquerda delas. Tochas nas altas muralhas reluziam diante delas, fazendo da cidade do exílio uma ilha de luz.

Toda a comida em Landin estava estritamente racionada agora. As pessoas comiam comunalmente em um dos grandes edifícios ao redor da praça, ou, se assim quisessem, levavam suas rações para casa. As mulheres que haviam pastoreado os rebanhos estavam atrasadas. Após um jantar apressado no estranho edifício chamado Thiatr, Rolery foi com Seiko Esmit para a casa da mulher Alla Pasfal. Ela preferiria ter ido para a casa vazia de Agat e ficado sozinha lá, mas fazia o que lhe pedissem para fazer. Ela não era mais uma garota, não era mais livre. Era a esposa de um alterrano, e uma prisioneira por permissão. Pela primeira vez em sua vida, ela obedecia.

Nenhum fogo ardia na lareira, e, no entanto, a sala alta estava quente; lamparinas sem pavios ardiam em gaiolas de vidro na parede. Nesta única casa, tão grande quanto uma Casa-clã de Tevar inteira, uma velha senhora morava sozinha.

Como eles suportavam a solidão? E como eles mantinham o calor e a luz do verão dentro das paredes? E o Ano todo eles moravam nessas casas, por todas as suas vidas, sem nunca vagar, sem nunca morar em tendas pela Faixa, nas vastas Terras de Verão, vagando... Rolery endireitou a cabeça, sonolenta, e deu uma espiada para ver se sua sonolência tinha sido notada pela velha senhora, Pasfal. Tinha. A mulher via tudo; e ela odiava Rolery.

Assim como todos eles, os alterranos, esses anciões distantinos. Eles a odiavam porque amavam Jakob Agat com um amor ciumento; porque ele a tomara como esposa; porque ela era humana, e eles, não.

Um deles dizia algo sobre Tevar, algo muito estranho em que ela não acreditou. Ela abaixou o olhar, mas o medo deve ter transparecido em seu rosto, pois um dos homens, Dermat Alterra, parou de prestar atenção aos outros e disse:

— Rolery, você não sabia que Tevar foi perdida?

— Eu escuto — murmurou ela.

— Nossos homens estavam perturbando os gaal pelo oeste o dia todo — explicou o distantino. — Quando os guerreiros gaal atacaram Tevar, nós atacamos a caravana de bagagens deles e os acampamentos que suas mulheres estavam montando a leste da floresta. Isso atraiu alguns deles, e alguns tevarianos escaparam... mas eles e nossos homens se dispersaram. Alguns deles estão aqui agora; não sabemos o que o resto está fazendo, mas é uma noite fria e eles estão lá fora, nas colinas...

Rolery ficou ali em silêncio. Estava muito cansada e não entendia. A Cidade Invernal tinha sido tomada, destruída. Isso poderia ser verdade? Ela havia deixado seu povo; agora seu povo estava todo morto, ou desabrigado nas colinas na noite do Inverno. Ela fora deixada sozinha. Os alienígenas conversavam e conversavam em suas vozes duras. Por um tempo, Rolery teve a ilusão, que ela sabia ser uma ilusão, de que havia uma fina camada de sangue em suas mãos e seus pulsos. Sentiu-se um pouco enjoada, mas não mais com sono; de vez em quando, sentia-se entrando nos arredores, no primeiro estágio da Ausência por um minuto. Os olhos brilhantes e frios da mulher, Pasfal, a bruxa, a encaravam. Ela não conseguia se mover. Não havia para onde ir. Todo mundo estava morto.

E então ocorreu uma mudança. Foi como uma pequena luz à distância na escuridão. Ela disse em voz alta, embora tão baixinho que apenas aqueles mais próximos a escutaram:

— Agat está vindo para cá.

— Ele está te chamando pessoalmente? — perguntou Alla Pasfal, cortante.

Rolery fitou o nada por um momento ao lado da mulher a quem temia; não a estava vendo.

— Ele está vindo para cá — repetiu.

— Provavelmente ele não está transmitindo, Alla — falou aquele chamado Pilotson. — Eles estão em uma afinidade firme, até certo ponto.

— Bobagem, Huru.

— Por que bobagem? Ele nos contou que transmitiu para ela com muita intensidade, na praia, e conseguiu ser ouvido; ela deve ser uma Natural. E isso estabeleceu uma afinidade. Já aconteceu antes.

— Entre casais humanos, sim — disse a mulher. — Uma criança sem treinamento não pode receber ou transmitir uma mensagem paraverbal, Huru; um Natural é a coisa mais rara do mundo. E esta é uma FOVIALI, não uma humana!

Enquanto isso, Rolery tinha se levantado, se distanciado do círculo e ido até a porta. Ela a abriu. Lá fora havia a escuridão vazia e o frio. Ela olhou para mais adiante na rua e, dali a um instante, pôde discernir um homem andando em sua direção a um trote cansado. Ele chegou no feixe de luz amarelada da porta aberta e, estendendo a mão para segurar a dela, sem fôlego, disse o nome dela. Seu sorriso mostrou que três dentes da frente estavam faltando; havia uma bandagem enegrecida em torno de sua cabeça, por baixo da touca de pele; ele estava cinzento de fadiga e dor. Estivera nas colinas desde que os gaal entraram na Faixa Askatevar, há três dias e duas noites.

— Pegue um pouco de água para eu beber — disse ele suavemente para Rolery, e então entrou na área iluminada, enquanto os outros todos se reuniam ao seu redor.

Rolery encontrou a sala de cozinhar, e nela, o caniço de metal com uma flor no topo que se virava para fazer a água escorrer para fora do caniço; a casa de Agat também tinha um aparelho assim. Ela não viu tigelas nem copos em lugar nenhum, então pegou a água num recipiente improvisado formado com a barra larga de sua túnica de couro, e a levou assim para seu marido na outra sala. Ele bebeu da túnica dela, sério. Os outros ficaram olhando e Pasfal disse, cortante:

— Há copos dentro do armário.

Mas ela já não era mais uma bruxa; sua malícia caíra como uma flecha usada. Rolery se ajoelhou ao lado de Agat e ouviu a voz dele.

# IX

# AS GUERRILHAS

O tempo tinha esquentado de novo depois da primeira neve. Havia sol, um pouco de chuva, vento noroeste, uma geada leve à noite, muito semelhante a como tinha sido toda a última fase lunar do Outono. O Inverno não era tão diferente do que viera antes; era um pouco difícil de acreditar nos registros dos Anos anteriores falando em três metros de neve e fases lunares inteiras sem o gelo derreter. Talvez isso viesse depois. O problema agora era os gaal…

Prestando pouquíssima atenção aos atos de guerrilha de Agat, embora ele tivesse infligido alguns ferimentos graves aos flancos do exército deles, os nortenhos tinham se espalhado rapidamente pela Faixa Askatevar, acampado a leste da floresta, e agora, no terceiro dia, atacavam a Cidade Invernal. Entretanto, eles não a estavam destruindo; tentavam obviamente poupar do fogo os depósitos de grãos, e os rebanhos, e talvez as mulheres. Eram apenas os homens que eles chacinavam. Talvez, conforme relatado, eles planejassem guarnecer o local com alguns de seus próprios homens. Quando a Primavera chegasse, os gaal regressando do sul poderiam marchar de cidade em cidade em um Império.

Não era coisa dos FOVIALI, pensou Agat, enquanto jazia deitado, escondendo-se sob uma imensa árvore caída, esperando seu pequeno exército assumir posição para seu próprio ataque aos Tevar. Ele estava em campo aberto, lutando e se escondendo, já há dois dias e noites agora. Uma costela trincada da surra que tomara na floresta doía, apesar de bem enfaixada, assim como um ferimento superficial no couro cabeludo recebido ontem de uma atiradeira gaal; porém, com a imunidade a infecções, feridas se curavam bem depressa, e Agat mal dava atenção a qualquer coisa menor do que uma artéria cortada. Apenas uma concussão o derrubava. No momento, ele estava com sede e um tanto rígido, mas sua mente se encontrava agradavelmente alerta enquanto tirava seu breve descanso forçado. Não era coisa dos FOVIALI fazer planos antecipadamente assim. Eles não pensavam em tempo ou espaço no sentido linear e imperialista de sua própria espécie. O tempo para eles era uma lanterna iluminando um passo à frente e um passo atrás — o resto era um escuro indistinguível. O tempo era o dia de hoje, este único dia do imenso Ano. Eles não possuíam vocabulário histórico; só existia o dia de hoje e o "tempo passado". Eles olhavam para a frente apenas até a próxima estação, no máximo. Não olhavam para o tempo como algo a ser percorrido, mas se encontravam nele como a lamparina na noite, como o coração no corpo. O mesmo valia para o espaço: para eles, o espaço não era uma superfície sobre a qual desenhar fronteiras, mas uma Faixa, uma área central, centrada no eu e no clã e na tribo. Em torno da Faixa, ficavam áreas que se iluminavam conforme alguém se aproximava delas e esmaeciam conforme partia; quanto mais distante, mais apagada. Mas não existiam linhas, não existiam limites. Esse planejamento prévio, essa tentativa de manter a posse de um lugar conquistado ao longo do tempo e do espaço, era atípico; demonstravam... o quê? Uma mudança autônoma em um padrão cultural dos FOVIALI, ou uma infecção vinda das antigas colônias dos Homens ao norte e suas incursões?

Seria a primeira vez, pensou Agat sardonicamente, que eles teriam aprendido uma ideia conosco. Logo estaremos pegando os resfriados deles. E isso nos matará; e nossas ideias podem muito bem os matar...

Havia nele uma amargura profunda e, em sua maior parte, inconsciente contra os tevarianos, que haviam arrebentado sua cabeça e suas costelas, e quebrado sua aliança; e que, agora, ele deveria assistir sendo chacinados em sua estúpida cidadezinha de barro bem debaixo de seus olhos. Tinha se visto indefeso para lutar contra eles, e agora se via quase indefeso para lutar por eles. Agat os detestava por forçar esse desamparo sobre ele.

Naquele momento — bem quando Rolery estava começando a voltar para Landin atrás dos rebanhos —, houve um farfalhar na folha-poeira seca no vão atrás dele. Antes que o som tivesse cessado, ele já estava com a arma de dardos apontada para o local.

Explosivos eram proibidos pela Lei do Embargo Cultural, que se tornara um *ethos* básico dos exilados; mas algumas tribos nativas, nos Anos iniciais de luta, haviam usado lanças e dardos envenenados. Assim libertados do tabu, os médicos de Landin tinham desenvolvido alguns venenos eficazes que ainda faziam parte do repertório de caça e combate. Havia atordoantes, paralisantes, substâncias letais de ação lenta e rápida; este era letal e levava cinco segundos para convulsionar o sistema nervoso de um animal grande, como um gaal. O mecanismo da arma de dardos era simples e elegante, com precisão de pouco mais de cinquenta metros.

— Pode sair — chamou Agat para o vão silencioso, e seus lábios ainda inchados se abriram em um sorriso. Levando tudo em consideração, ele estava pronto para matar outro FOVIALI.

— Alterra?

Um FOVIALI se pôs de pé em meio aos arbustos cinzentos mortos do vão, os braços soltos ao lado do corpo. Era Umaksuman.

— Diabos! — exclamou Agat, abaixando a arma, mas não por completo. A violência reprimida o sacudiu por um instante com um tremor espástico.

— Alterra — disse o tevariano, rouco —, na tenda de meu pai, nós éramos amigos.

— E depois, na floresta?

O nativo ficou ali em silêncio, uma figura grande e pesada, os cabelos claros imundos, o rosto argiloso de fome e exaustão.

— Eu ouvi sua voz com os outros. Se vocês precisavam vingar a honra de sua irmã, poderiam ter feito isso um de cada vez.

O dedo de Agat ainda estava no gatilho; contudo, quando Umaksuman respondeu, sua expressão mudou. Ele não esperava receber uma resposta.

— Eu não estava com os outros. Eu os segui e os impedi. Cinco dias atrás matei Ukwet, meu sobrinho-irmão, que os liderou. Estou nas colinas desde então.

Agat desengatilhou sua arma e desviou o olhar.

— Suba aqui — disse, depois de um tempo.

Só então ambos se deram conta de que estavam ali de pé falando em voz alta naquelas colinas cheias de batedores gaal. Agat soltou uma risada longa e silenciosa enquanto Umaksuman escorregava para dentro do nicho debaixo do tronco com ele, e então disse:

— Amigo, inimigo, que diabos... Aqui. — Agat passou um pedaço de pão ao FOVIALI. — Rolery é minha esposa, desde três dias atrás.

Quieto, Umaksuman pegou o pão e o comeu feito um homem faminto.

— Quando eles assoviarem da esquerda, dali, vamos todos juntos na direção daquela abertura nas muralhas no canto ao norte, e correremos pela cidade para pegar quantos tevarianos pudermos. Os gaal estão procurando por nós na área dos Brejos, onde estávamos hoje cedo, não aqui. É a única vez que vamos entrar na cidade. Quer vir?

Umaksuman assentiu.

— Você está armado?

Umaksuman ergueu seu machado. Lado a lado, sem conversar, eles se agacharam, vigiando os telhados em chamas, as explosões e os movimentos desordenados nas vielas destroçadas da cidadezinha na colina defronte a eles. Um céu cinza bloqueava a luz do sol; a fumaça no vento era acre.

À esquerda, um assovio agudo soou. As encostas a oeste e norte de Tevar ganharam vida, cheias de homens, pequenas figuras espalhadas correndo agachadas para dentro do vale e ladeira acima, empilhando-se sobre a muralha rompida e para dentro do desastre e da confusão da cidade.

Conforme os homens de Landin se encontravam na muralha, eles se juntavam em pelotões de cinco a vinte homens, e esses pelotões se mantinham unidos, fosse em grupos atacando os saqueadores gaal com armas de dardos, facões e facas, ou pegando quaisquer mulheres e crianças tevarianas que encontrassem e correndo para o portão com elas. Eles iam tão ligeiros e certos que pareciam ter ensaiado a incursão; os gaal, ocupados em acabar com a última resistência na cidade, foram pegos desprevenidos.

Agat e Umaksuman acompanharam o ritmo, e um grupo de oito ou dez se formou com eles enquanto atravessavam correndo a Praça da Bateção de Pedra, depois pegavam uma viela-túnel estreita para uma praça menor, e irrompiam em uma das grandes Casa-clã. Um por um, eles desceram a escada de terra aos saltos para o interior escuro. Homens de rosto branco com plumas vermelhas torcidas em seu cabelo lembrando chifres vieram gritando e brandindo machados, defendendo seu saque. O dardo da arma de Agat atingiu diretamente o interior da boca de um deles; ele viu Umaksuman arrancar o braço de um gaal na altura do ombro como um lenhador corta o galho de uma árvore. E então, fez-se silêncio. As mulheres se encolheram na penumbra, quietas. Um bebê chorava e chorava.

— Venham com a gente! — gritou Agat.

Algumas das mulheres se moveram na direção dele, mas, ao vê-lo, pararam.

Umaksuman ergueu-se atrás dele na luz débil da passagem, pesado com a carga que trazia nas costas.

— Venham, tragam as crianças! — rugiu ele e, ao som de sua voz familiar, todas elas se movimentaram.

Agat as agrupou nas escadas, com seus homens espalhados para protegê-las, depois deu a ordem. Eles irromperam da Casa-clã e partiram para o portão. Nenhum gaal impediu a fuga deles — um bando esquisito de mulheres, homens, crianças, liderados por Agat com um machado gaal dando cobertura a Umaksuman, que carregava em seus ombros um grande fardo pendurado, o velho chefe, seu pai Wold.

Eles saíram pelo portão, enfrentaram o desafio de uma tropa gaal no antigo ponto das tendas, e com outros pelotões semelhantes de homens Landin e refugiados em fuga à sua frente e atrás deles, espalharam-se pela floresta. Toda a passagem por dentro de Tevar levara cerca de cinco minutos.

Não havia segurança na floresta. Batedores e soldados gaal estavam dispersos ao longo do caminho para Landin. Os refugiados e libertadores se distanciaram em pares ou sozinhos rumo ao sul no interior da floresta. Agat permaneceu com Umaksuman, que não podia se defender carregando o ancião. Eles pelejaram para atravessar a vegetação rasteira. Nenhum inimigo os encontrou em meio aos outeiros e fileiras cinzentas, troncos caídos e galhos secos emaranhados e arbustos mumificados. Em algum ponto muito atrás deles, a voz de uma mulher gritava sem parar.

Eles levaram um longo tempo para seguir rumo sul e oeste em um semicírculo pela floresta, passando pelas cordilheiras e voltando finalmente para o norte, para Landin. Quando Umaksuman não conseguia mais prosseguir, Wold caminhava, mas ele só podia andar muito devagar. Quando eles saíram de sob as árvores, afinal, viram as luzes da Cidade do Exílio cintilando à distância, no escuro e no vento sobre o mar. Meio arrastando o ancião, eles se empenharam cambaleando pela encosta e chegaram ao Portão da Terra.

— Foviali chegando! — gritaram os guardas antes de eles se tornarem bem visíveis, identificando o cabelo claro de Umaksuman. Em seguida viram Agat e as vozes berraram: — O Alterra, o Alterra!

Eles vieram ao encontro dele e o levaram para a cidade, homens que haviam combatido a seu lado, seguido suas ordens, salvado sua pele durante esses três dias de combate de guerrilha na floresta e nas colinas.

Tinham feito o que podiam, quatrocentos deles contra um inimigo que se movia como as vastas migrações dos animais — quinze mil homens, segundo as estimativas de Agat. Quinze mil guerreiros, algo entre sessenta e setenta mil gaal no total, com suas tendas e panelas e padiolas e hann e tapetes de pele e machados e braceletes e berços em trenós e as tralhas para fogo, todos os seus escassos pertences, e seu medo do Inverno, e sua fome. Ele tinha visto mulheres gaal nos acampamentos juntando o líquen morto dos troncos e comendo. Não parecia provável que a pequena Cidade do Exílio ainda seguisse de pé, intocada por essa inundação de violência e fome, com lampiões acesos acima de seus portões de ferro e madeira entalhada, e homens para dar a ele as boas-vindas de volta.

Tentando contar a história dos três últimos dias, ele disse:

— Nós contornamos a fila de marcha deles por trás ontem à tarde. — As palavras não pareciam reais, nem esta sala aquecida, nem os rostos dos homens e mulheres a quem conhecera sua vida inteira, escutando-o. — O... o chão atrás deles, onde a migração toda havia passado por alguns dos vales mais estreitos... parecia o solo depois de um deslizamento. Terra pura. Mais nada. Tudo esmagado até virar pó, até virar nada...

— Como eles conseguem seguir em frente? O que eles comem? — murmurou Huru.

— Os armazéns de Inverno das cidades que tomam. A terra está toda despojada a esta altura, as safras já foram colhidas, as caças grandes foram para o sul. Eles precisam saquear cada cidade em seu caminho e viver à base dos rebanhos de hann, ou passar fome até saírem das terras nevadas.

— Então eles virão para cá — disse baixinho um dos alterranos.

— Acho que sim. Amanhã ou depois.

Isso era verdade, mas também não parecia real. Ele passou a mão pelo rosto, sentindo a sujeira e a rigidez e o desconforto dos lábios ainda não de todo curados. Agat sentiu que precisava vir fazer seu relatório ao governo da cidade, mas agora estava tão cansado que não conseguia dizer mais nada, e não ouvia o que eles estavam falando. Ele se virou para Rolery, que se ajoelhava em silêncio ao lado dele. Sem levantar os olhos cor de âmbar, ela falou, bem baixinho:

— Você deveria ir para casa, Alterra.

Ele não tinha pensado nela durante aquelas horas intermináveis de combate e fuga e disparos e ocultação na floresta. Ele a conhecia há duas semanas; conversara com ela com alguma profundidade em talvez três ocasiões; se deitara com ela uma vez; a tomara como esposa no Salão da Lei no começo da manhã três dias atrás, e uma hora depois, partira junto com a guerrilha. Ele não sabia muito sobre ela, que não era nem sequer de sua espécie. E, dali a mais uns dois dias, ambos provavelmente estariam mortos. Ele soltou sua risada silenciosa e colocou a mão na dela com gentileza.

— Sim. Me leve para casa — pediu ele.

Silenciosa, delicada, alienígena, ela se levantou e esperou por ele enquanto Agat se despedia dos outros.

Ele contou a ela que Wold e Umaksuman, com cerca de mais duzentas pessoas do povo dela, haviam escapado ou sido resgatados da Cidade Invernal violada e estavam agora na ala dos refugiados em Landin. Ela não pediu para ir até eles. Enquanto ambos subiam a rua íngreme juntos, indo da casa de Alla para a dele, ela perguntou:

— Por que você entrou em Tevar para salvar as pessoas?

— Por quê? — Pareceu uma pergunta estranha para ele. — Porque elas não tinham como salvar a si mesmas.

— Isso não é motivo, Alterra.

Ela parecia submissa, a tímida esposa nativa que fazia a vontade de seu senhor. Na verdade, ele estava descobrindo, ela era teimosa, voluntariosa e muito orgulhosa. Ela falava com suavidade, mas dizia exatamente o que pensava.

— É motivo, sim, Rolery. Você não pode apenas ficar sentado assistindo aos desgraçados matarem lentamente as pessoas. De qualquer forma, eu quero lutar... reagir...

— Mas a sua cidade: como você alimenta essas pessoas que trouxe para cá? Se os gaal fizerem um cerco, ou depois, no Inverno?

— Temos o suficiente. Comida não é uma preocupação. Tudo de que precisamos são homens.

Agat tropeçava um pouco de cansaço. No entanto, a noite clara e fria tinha desanuviado sua mente, e ele sentiu brotar um regato de alegria que não sentia há muito tempo. Ele tinha alguma noção de que esse pequeno alívio, essa leveza de espírito, lhe era dado pela presença dela. Agat era responsável por tudo fazia bastante tempo. Ela, a estrangeira, a forasteira, de sangue e mente alienígenas, não partilhava de seu poder, ou de sua consciência, ou de seu conhecimento, ou de seu exílio. Ela não partilhava absolutamente nada com ele, mas o conhecera e se unira a ele por completo, de imediato, cruzando o abismo da grande diferença entre eles: como se fosse essa diferença, essa estranheza entre eles que lhes permitisse o encontro, e que ao uni-los, os libertasse.

Entraram pela porta da frente destrancada. Nenhuma luz ardia na casa alta e estreita de pedra grosseiramente lavrada. A casa se erguia ali há três Anos, cento e oitenta fases lunares; o bisavô dele nascera nela, e seu avô, e seu pai, e ele. Ela era tão familiar para Agat quanto seu próprio corpo. Entrar ali com ela, com a mulher nômade cujo único lar teria sido essa ou aquela tenda, nessa encosta ou em outra, ou nas tocas lotadas sob a neve, lhe deu um prazer peculiar. Ele sentiu uma ternura em relação a ela que mal sabia como expressar. Sem querer, disse o nome dela, não em voz alta, mas paraverbalmente. No mesmo instante, Rolery se virou para ele na escuridão do saguão; no breu, ela olhou para o rosto dele. A casa e a cidade estavam em silêncio em torno deles. Em sua mente, ele a ouviu dizer seu nome, como um sussurro na noite, como um toque do outro lado do abismo.

— Você me chamou — disse ele em voz alta, desconcertado, maravilhado.

Ela não disse nada, mas outra vez ele ouviu em sua mente, ao longo de seu sangue e suas terminações nervosas, a mente dela que se estendia para a dele: *Agat, Agat*…

# X

# O VELHO CHEFE

O velho chefe era durão. Havia sobrevivido a um derrame, concussão, exaustão, exposição aos elementos e desastres com a força de vontade intacta, e inteligência quase intacta.

Havia coisas que ele não entendia, e outras que nem sempre estavam presentes em sua mente. No mínimo, sentia-se aliviado por estar fora da escuridão abafada da Casa-clã, onde ficar sentado junto ao fogo fizera dele uma mulher; isso estava bem claro para ele. Ele gostava — sempre tinha gostado — desta cidade dos distantinos fundada nas rochas, iluminada pelo sol, varrida pelo vento, construída antes que alguém ainda vivo tivesse nascido e ainda de pé, imutável, no mesmo lugar. Era uma cidade muito mais bem construída do que Tevar. Sobre Tevar, ele nem sempre estava decidido. Às vezes, lembrava-se dos gritos, dos telhados em chamas, dos cadáveres mutilados e estripados de seus filhos e netos. Às vezes, não se lembrava. A vontade de sobreviver era bem forte nele.

Outros refugiados foram chegando aos poucos, alguns deles de Cidades Invernais saqueadas ao norte; no total, havia agora cerca de trezentos da raça de Wold na cidade dos distantinos. Era tão estranho serem fracos, serem poucos, viverem da caridade de párias, que alguns dos tevarianos, particularmente aqueles homens de meia-idade, não podiam suportar. Eles se sentavam em Ausência, as pernas cruzadas, as pupilas de seus olhos encolhidas até virarem um pontinho, como se estivessem se esfregado com óleo de gesina. Algumas das mulheres também, as que haviam visto seus homens cortados em pedacinhos nas ruas ou junto às lareiras dc Tevar, ou que tinham perdido filhos, lamentavam-se até adoecerem ou se juntarem à Ausência. Para Wold, porém, o colapso do mundo tevariano era apenas parte do colapso de sua própria vida. Sabendo que estava bem adiantado no caminho para a morte, ele olhava com grande benevolência para cada dia e para todos os homens mais jovens, humanos ou distantinos: eram eles que precisavam continuar lutando.

A luz do sol brilhava agora nas ruas de pedra, iluminando as fachadas pintadas das casas, embora houvesse uma vaga mancha de sujeira ao longo do céu acima das dunas ao norte. Na grande praça, em frente à casa chamada Thiatr onde todos os humanos estavam alojados, Wold foi saudado por um distantino. Ele precisou de um minuto para reconhecer Jakob Agat. Em seguida gargalhou um pouco e disse:

— Alterra! Você era um sujeito bonito. Agora parece um xamã Pernmek com os dentes da frente arrancados. Onde está... — Ele se esquecera do nome dela. — Onde está minha parente?

— Na minha casa, Ancião.

— Isso é vergonhoso — comentou Wold.

Ele não se importava se ofendia Agat. Agat era seu senhor e líder agora, é claro; mas ainda assim, o fato permanecia: era vergonhoso manter uma amante na própria tenda ou casa. Distantino ou não, Agat deveria seguir as decências fundamentais.

— Ela é minha esposa. É essa a vergonha?

— Escuto mal, meus ouvidos estão velhos — disse Wold, cauteloso.

— Ela é minha esposa.

Wold levantou a cabeça, sustentando o olhar de Agat diretamente pela primeira vez. Os olhos de Wold eram de um amarelo desbotado como o sol de inverno, e não aparecia nenhum branco sob as pálpebras oblíquas. Os de Agat eram escuros, íris e pupila escuras, com os cantos brancos no rosto escuro; olhos estranhos para sustentar o olhar, sobrenaturais.

Wold desviou os olhos. As grandes casas de pedra dos distantinos se erguiam por toda a sua volta, limpas e claras e antigas sob o sol.

— Eu tomei uma esposa de você, distantino — disse ele, finalmente —, mas nunca pensei que você tomaria uma de mim... A filha de Wold casada entre os falsos-homens, sem gerar filhos...

— Você não tem motivos para lamentar — garantiu o jovem distantino, inamovível, firme feito rocha. — Sou seu igual, Wold. Em tudo, menos na idade. Você já teve uma esposa distantina. Agora tem um genro distantino. Se aceitou uma, pode engolir o outro.

— É difícil — falou o senhor, com simplicidade amarga. Fez-se uma pausa. — Não somos iguais, Jakob Agat. Meu povo está morto ou quebrado. Você é um chefe, um senhor. Eu não. Mas eu sou um homem, e você, não. Que semelhança há entre nós?

— Pelo menos nenhum rancor, nenhum ódio — disse Agat, ainda imóvel.

Wold olhou ao seu redor e, finalmente, devagar, concordou, dando de ombros.

— Bom. Então podemos morrer bem juntos — falou o distantino com sua risada surpreendente. Nunca se sabia quando um distantino iria rir. — Acho que os gaal vão atacar daqui a poucas horas, Ancião.

— Daqui a...?

— Logo. Quando o sol estiver alto, talvez.

Eles estavam de pé ao lado da arena vazia. Um disco leve se encontrava abandonado aos pés deles. Agat o apanhou e, sem nenhuma intenção, puerilmente, o jogou para o outro lado da arena. Fitando o lugar onde caiu, disse:

— Há mais ou menos vinte deles para cada um de nós. Então, se eles escalarem as muralhas ou passarem pelo portão... Estou mandando todas as crianças Outonatas e suas mães para a Pilha. Com as pontes levadiças erguidas, não há como tomá-la, e lá tem água e suprimentos para durar por uma fase lunar para pelo menos quinhentas pessoas. Alguns homens deveriam ir com as mulheres. Você pode escolher três ou quatro de seus homens, e as mulheres com filhos pequenos, e levá-los para lá? Eles precisam de um chefe. Esse plano te parece bom?

— Sim. Mas eu ficarei aqui — disse o mais velho.

— Muito bem, Ancião — concordou Agat, sem um traço de protesto, seu rosto jovem, duro e cheio de cicatrizes impassível. — Por favor, escolha os homens que irão com suas mulheres e crianças. Eles devem partir muito em breve. Kemper vai levar nosso grupo.

— Eu vou com eles — disse Wold, exatamente no mesmo tom, e Agat pareceu um pouco desconcertado.

Então era possível desconcertá-lo. Mas ele concordou em silêncio. Sua deferência a Wold era um fingimento cortês, é claro — que razão teria ele para ceder perante um moribundo que, mesmo entre sua própria tribo derrotada, já não era mais um chefe? —, mas ele se apegava a ela, não importando o quão tola fosse a resposta de Wold. Ele realmente era uma rocha. Não havia muitos homens assim.

— Meu senhor, meu filho, meu semelhante — começou o homem mais velho com um sorriso, colocando a mão no ombro de Agat —, me envie para onde quiser. Eu não tenho mais utilidade, tudo o que posso fazer é morrer. Sua rocha preta parece um lugar maligno para morrer, mas eu farei isso lá, se você quiser...

— Envie alguns homens para ficar com as mulheres, de qualquer forma — disse Agat —, homens bons e firmes, que possam impedir as mulheres de entrar em pânico. Eu tenho que ir até o Portão da Terra, Ancião. Você vem?

Agat, ágil e ligeiro, partiu. Apoiando-se em uma lança distantina de metal brilhante, Wold abriu caminho lentamente, subindo pelas ruas e degraus. Porém, quando estava apenas na metade do caminho, teve que parar para recuperar o fôlego e então se deu conta de que deveria voltar e mandar as jovens mães e seus filhos para a ilha, como Agat havia pedido. Ele se virou e começou a descer. Quando viu como seus pés se arrastavam nas pedras, soube que deveria obedecer Agat e ir com as mulheres para a ilha preta, pois seria apenas um estorvo ali.

As ruas iluminadas estavam vazias, exceto por um ou outro distantino ocasional passando apressado e cheio de propósito. Estavam todos prontos ou se preparando, a seus postos e cumprindo seu dever. Se os homens do clã de Tevar estivessem preparados, se tivessem marchado para o norte para enfrentar os gaal, se tivessem olhado para a frente, para um tempo porvir como Agat parecia fazer... Não é de se espantar que as pessoas chamassem os distantinos de bruxos. Mas então, era culpa de Agat que eles não tivessem marchado. Ele deixou que uma mulher se colocasse entre aliados. Se ele, Wold, soubesse que a garota havia conversado de novo com Agat, ele a teria matado atrás das tendas, e mandado jogar seu corpo no mar, e Tevar talvez ainda estivesse de pé... Ela saiu pela porta de uma casa alta de pedra e, vendo Wold, ficou imóvel.

Ele notou que, embora ela tivesse amarrado o cabelo como as mulheres casadas faziam, ainda vestia túnica e calças de couro estampadas com a flor trifoliada, a marca de seu Clã.

Eles não olharam nos olhos um do outro.

Ela não falou. Wold, finalmente — pois o passado era passado, e ele havia chamado Agat de "filho" —, disse:

— Você vai para a ilha preta ou fica aqui, parente?

— Eu fico aqui, Ancião.

— Agat me envia para a ilha preta — falou ele, um tanto vago, transferindo o peso de um pé para o outro enquanto se postava ali sob a fria luz do sol, em suas peles manchadas de sangue, apoiado na lança.

— Acho que Agat teme que as mulheres não irão a menos que você as lidere, você ou Umaksuman. E Umaksuman lidera nossos guerreiros, guardando o norte da muralha.

Ela havia perdido toda a sua leveza, sua insolência cativante e sem objetivo; era agora urgente e gentil. De súbito, ele se lembrou vividamente dela como uma criança pequena, a única pequenina em todas as Terras de Verão, filha de Shakatany, a Veranata.

— Então você é a esposa de Alterra? — perguntou ele, e essa ideia, surgindo logo após a lembrança dela como uma criança selvagem e risonha, o confundiu de novo, de modo que ele não ouviu o que ela respondeu. — Por que todos nós que estamos na cidade não vamos para a ilha, se ela não pode ser tomada?

— Não tem água suficiente, Ancião. Os gaal ocupariam esta cidade e nós morreríamos na rocha.

Ele podia ver, por cima dos telhados do Salão da Liga, um relance do passadiço. A maré estava alta; ondas cintilavam além do rochedo preto da fortaleza na ilha.

— Uma casa construída sobre a água do mar não é uma casa para homens — disse ele, com pesar. — É perto demais da terra debaixo do mar... Agora escute, tinha uma coisa que eu queria dizer para Arilia, digo, Agat. Espera. O que era mesmo? Esqueci. Não consigo escutar minha mente... — Ele ponderou, mas não veio nada. — Bem, não importa. Os pensamentos dos velhos são como poeira. Adeus, filha.

Ele prosseguiu, os passos arrastados e pesados pela Praça até a Thiatr, onde ordenou às jovens mães que juntassem seus filhos e o acompanhassem. Em seguida, liderou sua última incursão — um rebanho de mulheres amedrontadas e crianças pequenas chorando, seguindo-o junto de mais três homens mais jovens que ele escolhera para ir também —, atravessando a vasta e estonteante estrada suspensa no ar até a casa preta e terrível.

Era frio lá, e silencioso. Nos arcos elevados das salas não havia nenhum som, apenas o som do mar sugando e cuspindo nas rochas abaixo. Todo o seu povo se amontoou junto em um salão enorme. Ele desejou que a velha Kerly estivesse ali, ela teria sido uma grande ajuda, mas tinha caído morta em Tevar ou nas florestas. Algumas mulheres corajosas conseguiram finalmente colocar as outras em movimento; elas encontraram grãos para fazer mingau de bhan, água para cozinhá-lo, lenha para ferver a água. Quando as mulheres e crianças dos distantinos chegaram com sua guarda de dez homens, os tevarianos puderam oferecer-lhes comida quente. Agora havia cerca de quinhentas ou seiscentas pessoas no forte, deixando-o bem lotado, de modo que ecoava com vozes e havia crianças correndo para todo lado, quase como o lado das mulheres em uma Casa-clã na Cidade Invernal. Porém, pelas janelas estreitas e pela rocha transparente que deixava o vento de fora, era possível ver lá embaixo, bem embaixo, a água jorrando nas rochas, as ondas fumaçando ao vento.

O vento estava mudando e a sujeira no céu ao norte tinha se transformado em uma bruma, e em torno do solzinho pálido pairava um grande círculo pálido: o círculo da neve. Era isso, era o que ele pretendia dizer para Agat. A neve ia cair. Não uma pitada de sal como da última vez, mas neve mesmo, neve de inverno. A nevasca... A palavra que ele não ouvia nem dizia há tanto tempo o fez se sentir estranho. Para morrer, então, ele deveria retornar pela paisagem desolada e imutável de sua meninice, deveria reentrar no mundo branco das tempestades.

Ele ainda estava junto da janela, mas não enxergava a água barulhenta abaixo. Relembrava o Inverno. De nada adiantaria aos gaal terem tomado Tevar, ou mesmo Landin. Hoje e amanhã eles poderiam se banquetear de hann e grãos. Mas até onde chegariam quando a neve começasse a cair? A neve de verdade, a nevasca que nivelava as florestas e enchia os vales; e os ventos que a seguiam, frios de amargar. Eles fugiriam quando esse inimigo viesse atrás deles pelas estradas! Eles tinham ficado por tempo demais no norte. Wold subitamente gargalhou alto e deu as costas para a janela que escurecia. Ele havia sobrevivido ao seu período de chefia, aos seus filhos, à sua utilidade, e teria que morrer ali, em uma rocha no mar; mas tinha grande aliados, e grandes guerreiros o serviam — maiores do que Agat, ou qualquer homem. A tempestade e o Inverno lutavam por ele, e ele sobreviveria aos seus inimigos.

Wold caminhou pesadamente até a lareira, abriu a bolsa de gesina, jogou um fragmento nas brasas e inalou três vezes, profundamente. Depois disso, ele trovejou:

— Bom, mulherada! A gororoba tá pronta?

Docilmente, elas o serviram; bem contente, ele comeu.

# XI

# O CERCO DA CIDADE

Durante todo o primeiro dia do cerco, o trabalho de Rolery foi com aqueles que mantiveram os homens nas muralhas e nos telhados supridos com lanças — lâminas de matoholn compridas, grosseiras e mal-acabadas pesando em torno de um quilo, uma das extremidades cortada para formar uma ponta alongada. Com boa mira, uma dessas podia matar, e mesmo em mãos inexperientes, uma chuva delas era uma boa dissuasão para um grupo de gaal tentando encostar uma escada na grande muralha serpeante voltada para o interior. Ela tinha carregado fardos dessas lanças por degraus infindáveis, repassado-os para cima como parte de uma cadeia de passadores em outras escadas, corrido com eles pelas ruas na ventania, e suas mãos ainda ardiam, cheias de farpas da espessura de um fio de cabelo. Agora, porém, desde o raiar do dia, ela vinha transportando pedras para as *katapuls*, as geringonças de arremessar rochas que lembravam estilingues gigantes montadas do lado de dentro do Portão da Terra. Quando os gaal se agruparam perto do portão para usar seus aríetes, as grandes rochas assoviaram e caíram estrondosamente entre eles, espalhando-os e tornando a espalhar. Mas alimentar as *katapuls* exigia uma pilha enorme de rochas. Os meninos não paravam de trabalhar arrancando as pedras do pavimento das ruas vizinhas, e a equipe de mulheres em que ela se encontrava levava essas pedras, oito a dez de cada vez, em uma espécie de caixa de pernas redondas até os homens trabalhando nas *katapuls*. Oito mulheres a puxavam juntas, presas a cordas. A caixa pesada, com sua carga inerte de pedra, parecia impossível de ser movida até que, finalmente, quando todas elas puxavam, as pernas redondas se moviam de súbito e, com ela sacolejando e fazendo barulho atrás, as mulheres a puxavam morro acima até o portão em um único e exaustivo esforço, jogavam o conteúdo para fora, em seguida ficavam ali um minuto ofegantes, tiravam o cabelo dos olhos e arrastavam a carroça vazia e sacolejante de volta para buscar mais. Elas tinham feito isso a manhã inteira. Rochas e cordas tinham deixado as mãos de Rolery em carne viva, cheias de bolhas. Ela rasgara pedaços de sua saia de couro fino e os amarrara nas palmas das mãos com cordões de sandália; isso ajudou, e outras a imitaram.

— Eu queria que vocês não tivessem se esquecido de como fazer érucarros — gritou ela para Seiko Esmit enquanto corriam ruidosamente pela rua em disparada, a carroça desajeitada sacudindo atrás delas.

Seiko não respondeu; talvez não tivesse ouvido. Ela persistia naquela tarefa extenuante — parecia não haver ninguém fraco entre os distantinos —, mas a tensão sob a qual se encontravam começava a pesar sobre Seiko; ela trabalhava como alguém em transe. Uma vez, quando se aproximavam do portão, os gaal começaram a lançar tochas em chamas, que caíam, fumaçando e ardendo, nas pedras e nos tetos de telha. Seiko lutava contra as cordas feito um bicho preso em uma armadilha, encolhendo-se conforme os objetos incendiários passavam por cima.

— Elas se apagam, esta cidade não vai pegar fogo — dissera Rolery, baixinho.

Seiko, porém, virou o rosto às cegas, dizendo:

— Eu tenho medo do fogo, eu tenho medo do fogo…

Entretanto, quando um jovem arqueiro no alto da muralha, atingido no rosto por uma atiradeira gaal, foi jogado para trás e caiu de seu parapeito estreito, desabando esparramado ao lado delas, derrubando duas das mulheres presas às cordas e respingando as saias delas com sangue e massa encefálica, foi Seiko quem foi até ele e colocou aquela cabeça esmagada sobre seus joelhos, murmurando um adeus para o morto.

— Era seu parente? — perguntou Rolery quando Seiko retomou seu arnês e elas prosseguiram.

A alterrana respondeu:

— Somos todos parentes na Cidade. Ele era Jonkendy Li, o mais jovem no Conselho.

Um jovem lutador na arena na praça grande, brilhando de suor e triunfo, dizendo para ela caminhar por onde quisesse na cidade dele. Ele foi o primeiro distantino a falar com ela.

Ela não via Jakob Agat desde duas noites atrás, pois cada pessoa que restava em Landin, humana ou distantina, tinha sua tarefa e seu lugar, e o de Agat era em toda parte, defendendo uma cidade de mil e quinhentas pessoas contra uma força de quinze mil. Conforme o dia avançava e o cansaço e a fome reduziam suas forças, Rolery começou a vê-lo também tombado sobre pedras ensanguentadas, no outro ponto de ataque mais abaixo, o Portão do Mar, acima das falésias. Sua equipe interrompeu o trabalho para comer pão e frutas secas trazidas por um rapazinho alegre arrastando uma carroça de pernas redondas cheia de provisões; uma menina pequena e séria, arrastando um odre de água lhes deu de beber. Rolery se animou. Tinha certeza de que todos eles morreriam, pois havia visto, dos telhados, o inimigo escurecendo as colinas: não se via o fim deles, mal tinham começado o cerco. Mas estava igualmente certa de que era impossível matar Agat, e que, uma vez que ele sobreviveria, ela também o faria. O que a morte tinha a ver com ele? Ele era a vida; a vida dela. Rolery se sentou na rua de paralelepípedos confortavelmente mastigando o pão duro. Mutilação, estupro, tortura e horror a cercavam por todos os lados, mas ali estava ela, sentada, mastigando seu pão. Desde que resistissem com todas as forças, com toda a coragem, como vinham fazendo, estariam a salvo ao menos do medo.

Contudo, não muito tempo depois, veio um momento bem ruim. Enquanto elas arrastavam sua carga pesada para o portão, o som da carroça se sacudindo e todos os outros ruídos foram abafados por um uivo incrível do lado de fora do portão, um rugido como o de um terremoto, grave e alto a ponto de ser sentido nos ossos, em vez de escutado. E o portão estremeceu nas dobradiças de ferro, sacudindo. Ela viu Agat então, por um instante. Ele corria liderando um grande grupo de arqueiros e homens armados com pistolas de dardos vindos da parte mais baixa da cidade, gritando ordens para outro grupo nas muralhas enquanto corria.

Todas as mulheres se espalharam com ordens de buscar refúgio nas ruas mais perto do centro da cidade. *Auuuuu, auuuuu, auuuuuu!*, a voz da multidão do Portão da Terra, um barulho tão imenso que parecia vir das próprias colinas, prestes a se levantar e sacudir a cidade dos despenhadeiros para o fundo do mar. O vento trazia um frio intenso. A equipe de Rolery estava espalhada, tudo era confusão. Ela não tinha nenhum serviço em que botar a mão. Estava escurecendo. O dia não era tão antigo assim, não estava ainda na hora da escuridão. De súbito, ela percebeu que ia, de fato, morrer; acreditou em sua morte; ficou imóvel e soltou um grito abafado, ali, na rua vazia entre as casas altas e desocupadas.

Em uma travessa, alguns meninos arrancavam pedras e as carregavam para as barricadas que vinham construindo, atravessando as quatro ruas que levavam para a praça principal como reforço aos portões. Ela se juntou a eles para se manter aquecida, para continuar fazendo alguma coisa. Trabalharam em silêncio, cinco ou seis deles, realizando um trabalho pesado demais para eles.

— Neve — disse um deles, parando perto dela.

Ela levantou o olhar da pedra que empurrava metro por metro rua abaixo, e viu os flocos brancos rodopiando à sua frente, caindo mais pesadamente a cada instante. Todos ficaram imóveis. Agora não havia vento, e a voz monstruosa uivando no portão ficou em silêncio. A neve e a escuridão chegaram juntas, trazendo o silêncio.

— Olha só isso — disse a voz de um menino maravilhado.

Eles já não conseguiam enxergar o fim da rua. Um brilho amarelado débil era a luz vinda do Salão da Liga, a apenas um quarteirão de distância.

— Temos o Inverno todo para olhar para esse negócio — falou outro rapazinho. — Se sobrevivermos até lá. Vamos! Eles devem estar servindo a ceia no Salão.

— Você vem? — disse o mais jovem para Rolery.

— Meu povo está na outra casa, Thiatr, acho.

— Não, todos estamos comendo no Salão para poupar trabalho. Vamos lá.

Os meninos eram tímidos, rudes, camaradas. Ela foi com eles.

A noite havia chegado cedo; o dia chegou tarde. Ela acordou na casa de Agat, ao lado dele, e viu a luz cinza nas paredes cinza, feixes de penumbra vazando pelas portadas que escondiam as janelas de vidro. Tudo estava quieto, inteiramente quieto. Dentro da casa e fora dela não havia ruído algum. Como uma cidade sitiada podia estar tão silenciosa? Mas o cerco e os gaal pareciam muito distantes, mantidos assim por essa estranha quietude do amanhecer. Ali havia calor e Agat ao seu lado, perdido no sono. Ela permaneceu deitada bem quieta.

Batidas soaram no térreo, martelando na porta, vozes. O encanto se quebrou; o melhor momento passou. Estavam chamando Agat. Ela o acordou, um trabalho difícil; finalmente, ainda cego de sono, ele se pôs de pé e abriu a janela e as portadas, deixando entrar a luz do dia.

O terceiro dia de cerco, o primeiro da tempestade. A neve se acumulava a trinta centímetros nas ruas e ainda caía, incessante, às vezes espessa e calma, mas na maior parte trazendo um impiedoso vento do norte. Tudo era silenciado e transformado pela neve. Colinas, florestas, campos, tudo tinha sumido; não havia céu. Os telhados vizinhos desvaneciam em branco. Havia neve caída e neve caindo por uma pequena área, e então não se podia enxergar mais nada.

A oeste, a maré recuava cada vez mais na tempestade silenciosa. O passadiço se curvava para o vazio. A Pilha não podia ser vista. Nada de céu, nada de mar. A neve despencava sobre as falésias escuras, ocultando as areias.

Agat fechou as portadas e a janela e se voltou para ela. Seu rosto ainda estava relaxado pelo sono, a voz rouca.

— Eles não podem ter ido embora — murmurou ele.

Pois era isso o que gritavam da rua lá embaixo para ele:

— Os gaal foram embora, eles recuaram, eles estão correndo para o sul...

Impossível saber. Das muralhas de Landin, nada podia ser visto além da tempestade. No entanto, um pouco mais à frente, dentro da tempestade, talvez houvesse mil tendas montadas para enfrentá-la, ou talvez não houvesse nenhuma.

Alguns batedores desceram pela muralha em cordas. Três voltaram dizendo que subiram a cordilheira até a floresta e não encontraram nenhum gaal; mas tinham voltado porque não conseguiam enxergar nem a cidade a cem metros dela. Um não voltou. Capturado, ou perdido na tempestade?

Os alterranos se reuniram na biblioteca do Salão; como era costume, qualquer cidadão que quisesse podia ir lá para ouvir e deliberar com eles. O Conselho dos Alterranos contava com oito agora, não dez. Jonkendy Li estava morto, assim como Haris; o mais novo e o mais velho. Havia apenas sete presentes, porque Pilotson ainda estava de guarda. Todavia, o salão estava lotado de ouvintes silenciosos.

— Eles não foram embora... Não estão próximos da cidade... Alguns... Alguns estão... — dizia Alla Pasfal com dificuldade, a pulsação latejando na garganta, o rosto cinza como lama. Ela era a mais bem treinada de todos os distantinos naquilo que chamavam de mentescuta: conseguia ouvir os pensamentos dos homens a uma distância maior do que qualquer outro, e podia ouvir uma mente que não sabia que ela estava ouvindo.

*Isso é proibido,* dissera Agat há muito tempo — há uma semana? —, e ele havia se oposto a essa tentativa de descobrir se os gaal ainda estavam acampados perto de Landin.

— Nós nunca quebramos essa lei — disse ele —, nunca, em todo o Exílio. — E acrescentou: — Saberemos onde os gaal estão assim que a neve diminuir; enquanto isso, ficaremos de vigia.

Outros, porém, não concordaram com ele e derrubaram seu voto. Rolery ficou confusa e angustiada quando o viu recuar, aceitando a escolha deles. Ele tentou lhe explicar por que isso era preciso; disse que não era o chefe da cidade ou do Conselho, que dez alterranos eram escolhidos e governavam juntos, mas nada disso fazia sentido para Rolery. Ou ele era o líder deles, ou não era; e se não era, eles estavam perdidos.

Agora, a mulher mais velha se contorcia, os olhos desfocados, e tentava falar em palavras seus indizíveis vislumbres parciais das mentes alienígenas cujos pensamentos estavam em uma fala alienígena, sua percepção breve e desarticulada daquilo que as mãos de outro ser tocavam...

— Eu seguro... eu seguro... linha... corda... — gaguejou ela.

Rolery estremeceu de medo e repulsa; Agat se sentava de costas para Alla, retraído.

Finalmente Alla ficou imóvel, sentada por um longo tempo, a cabeça baixa.

Seiko Esmit serviu a xícara minúscula de xá para os sete alterranos e para Rolery; cada um mal a tocando com os lábios, passando-a adiante para um concidadão, e este para outro, até a xícara estar vazia. Rolery olhou fascinada para o recipiente que Agat lhe deu, antes de beber e passar adiante. Azul, frágil como uma folha, deixava a luz o atravessar como uma pedra preciosa.

— Os gaal foram embora — disse Alla Pasfal em voz alta, levantando o rosto devastado. — Estão em movimento agora mesmo, em algum vale entre duas cordilheiras. Isso ficou muito claro.

— O Vale Giln — murmurou um dos homens. — Cerca de dez quilômetros ao sul dos Brejos.

— Estão fugindo do Inverno. As muralhas da cidade estão a salvo.

— Mas a lei está quebrada — lembrou Agat, sua voz enrouquecida cortando o murmúrio de esperança e júbilo. — Muralhas podem ser consertadas. Bem, veremos...

Rolery desceu a escadaria com ele e atravessou a vasta Sala da Assembleia, atravancada agora com cavaletes e mesas, pois o refeitório comunitário ficava ali, sob os relógios dourados e os padrões de cristal representando os planetas dando voltas em torno de seus sóis.

— Vamos para casa — disse ele e, vestindo os grandes casacos de pele com capuz que tinham sido distribuídos para todos dos depósitos sob o Antigo Salão, eles saíram juntos para o vento cortante na Praça.

Não tinham dado nem dez passos quando, da nevasca, uma figura grotesca de branco emplastrado de vermelho irrompeu sobre eles, gritando:

— O Portão do Mar, eles estão dentro das muralhas, pelo Portão do Mar...

Agat olhou de relance para Rolery e desapareceu na tempestade. Em um instante, o clangor de metal contra metal surgiu da torre mais adiante, trovejando, abafado pela neve. Eles chamavam aquele ruído de *o sino,* e antes que o cerco começasse, todos tinham aprendido seus sinais. Quatro, cinco badaladas, e então silêncio, depois cinco de novo e de novo: todos os homens para o Portão do Mar, o Portão do Mar...

Rolery arrastou o mensageiro para fora do caminho, para debaixo das arcadas do Salão da Liga, antes que homens viessem surgindo das portas, sem casaco ou lutando para vestir o casaco enquanto corriam, armados e desarmados, arremessando-se na neve rodopiante, desaparecendo nela antes de chegar ao outro lado da Praça.

Ninguém mais veio. Ela podia ouvir algum ruído na direção do Portão do Mar, parecendo muito remoto em meio ao som do vento e à quietude da neve. O mensageiro se apoiava nela, abrigado sob a arcada. Ele sangrava de um ferimento profundo no pescoço e teria caído se ela o deixasse. Ela reconheceu o rosto dele: era o alterrano chamado Pilotson, e ela usou o nome para animá-lo e mantê-lo consciente enquanto tentava levá-lo para dentro do edifício. Ele tropeçou de fraqueza e resmungou, como se ainda tentasse entregar seu recado:

— Eles invadiram, eles estão dentro das muralhas...

# XII

# O CERCO DA PRAÇA

O alto e estreito Portão do Mar se fechou com um estrondo, e as barras de segurança foram encaixadas. A batalha na tempestade estava terminada. Mas os homens da cidade se viraram e viram, acima dos montes de neve manchados de sangue na rua e em meio à neve que ainda caía, sombras correndo.

Eles recolheram seus mortos e feridos apressadamente e voltaram para a Praça. Nesta nevasca, não havia como vigiar escadas e escaladores; era impossível enxergar ao longo das muralhas por mais de cinco metros em qualquer direção. Um gaal, ou um grupo deles, tinha se esgueirado para dentro, bem debaixo do nariz dos guardas, e aberto o Portão do Mar para o ataque. Aquele ataque tinha sido debelado, mas o próximo poderia vir a qualquer momento, em qualquer lugar, com uma força maior.

— Acho — começou Umaksuman, andando com Agat para a barricada entre a Thiatr e o Colégio — que a maioria dos gaal foi para o sul hoje.

Agat anuiu.

— Devem ter ido. Se não prosseguirem, vão passar fome. O que enfrentamos agora é uma força de ocupação deixada para trás para acabar com a gente e sobreviver de nossos armazéns. Quantos, você acha?

— Não havia mais de mil lá no portão — disse o nativo, em dúvida. — Mas pode haver mais. E estarão todos dentro das muralhas... Ali!

Umaksuman apontou para uma silhueta se encolhendo rapidamente, que as cortinas de neve revelaram por um momento enquanto subia a rua.

— Você vai por ali — murmurou o nativo, e desapareceu abruptamente à esquerda.

Agat contornou o quarteirão pela direita e encontrou Umaksuman na rua de novo.

— Não tive sorte — contou ele.

— Eu tive — disse o tevariano, brevemente, e ergueu um machado gaal engastado em osso que ele não tinha até um minuto atrás.

Acima de suas cabeças, o sino da torre do Salão continuava emitindo seu tinido baixo e abafado pela neve: um, dois... um, dois... um, dois... Recuem para a Praça, para a Praça... Todos os que haviam lutado no Portão do Mar, e aqueles que vinham patrulhando as muralhas e o Portão da Terra, ou que dormiam em suas casas, ou tentavam vigiar dos telhados, tinham ido ou estavam a caminho do coração da cidade, a Praça entre os quatro grandes prédios. Um por um, recebiam permissão para passar pelas barricadas. Umaksuman e Agat também foram, afinal, sabendo que era tolice ficar do lado de fora agora, nessas ruas onde sombras corriam.

— Vamos, Alterra! — instou o nativo, e Agat foi, mas com relutância. Era difícil deixar sua cidade para o inimigo.

O vento tinha diminuído agora. Às vezes, em meio à quietude complexa e estranha da tempestade, as pessoas na Praça podiam ouvir vidro se quebrando, um machado estilhaçando uma porta, em uma das ruas que sumia na neve caindo. Muitas das casas foram deixadas destrancadas, abertas para os saqueadores: eles encontrariam pouca coisa ali além de abrigo contra a neve. Cada grão de comida fora levado para os Comuns no Salão, uma semana antes. As redes de água e a de gás natural para todos os edifícios, exceto os quatro em torno da Praça, tinham sido cortadas na noite anterior. As fontes de Landin estavam secas, debaixo de seus anéis de pingentes de gelo e montes de neve. Todos os armazéns e depósitos de grãos eram subterrâneos, nas câmaras e adegas escavadas gerações antes debaixo do Antigo Salão e do Salão da Liga. As casas desertas se erguiam, vazias, geladas, sem luz, sem oferecer nada aos invasores.

— Eles podem sobreviver dos nossos rebanhos por uma fase lunar... mesmo sem comida para eles, podem matar os hann e secar a carne... — Dermat Alterra tinha encontrado Agat logo na porta do Salão da Liga, cheio de pânico e censura.

— Antes eles terão que pegar os hann — rosnou Agat em resposta.

— Do que você está falando?

— Estou falando que nós abrimos os estábulos alguns minutos atrás, enquanto estávamos lá no Portão do Mar, e os soltamos. Paol Herdsman estava comigo e transmitiu um pânico para eles. Dispararam como um raio, direto para dentro da nevasca.

— Você soltou os hann... os rebanhos? Do que vamos viver durante o resto do inverno... se os gaal forem embora?

— O pânico que Paol transmitiu para os hann atingiu você também, Dermat? — disparou Agat. — Acha que não conseguimos reunir nossos próprios animais? E os nossos depósitos de grãos, caça, a safra de inverno? Qual é o seu problema, diabos?

— Jakob — murmurou Seiko Esmit, se interpondo entre ele e o homem mais velho.

Ele se deu conta de que estava gritando com Dermat e tentou se controlar. Mas era bem difícil sair de um combate sangrento como aquela defesa do Portão do Mar e ter que aguentar um caso de histeria masculina. Sua cabeça doía brutalmente; o ferimento no couro cabeludo recebido em uma das incursões ao acampamento gaal ainda doía, apesar de já dever ter se curado; ele saiu incólume do Portão do Mar, mas imundo com o sangue de outros homens. Contra as janelas altas e sem portadas da biblioteca, a neve murmurava e escorria pelo vidro. Era meio-dia; parecia o crepúsculo. Abaixo das janelas jazia a Praça, com suas barricadas bem guardadas. Além delas ficavam as casas abandonadas, as muralhas indefesas, a cidade de neve e sombras.

Naquele dia da retirada deles para o Centro da Cidade, o quarto dia do cerco, eles permaneceram dentro das barricadas; mas já naquela noite, quando a neve começou a cair mais leve por um tempo, um grupo de batedores se esgueirou pelos telhados do Colégio. A nevasca piorou de novo por volta do raiar do dia, ou talvez uma segunda tempestade tenha vindo logo em seguida da primeira, e sob a cobertura da neve e do frio, os homens e meninos de Landin fizeram guerrilha em suas próprias ruas. Eles saíam aos pares ou trios, rondando as ruas e telhados e quartos, sombras em meio às sombras. Usavam facas, dardos envenenados, facões, flechas. Invadiam suas próprias casas e matavam os gaal que se abrigavam lá, ou eram mortos por eles.

Tendo uma cabeça boa para alturas, Agat era um dos melhores nesse jogo de ir de telhado em telhado. A neve deixava as telhas íngremes bem escorregadias, mas a oportunidade de abater os gaal com dardos era irresistível, e as chances de ser morto não eram maiores do que nas outras versões desse esporte, como a esquiva pelas esquinas ou a assombração de casas.

Sexto dia do cerco, o quarto da tempestade: nesse dia a neve caía fina, esparsa e soprada pelo vento. Termômetros na Sala de Registros no porão do Antigo Salão, que agora era usado como hospital, marcavam quatro graus negativos lá fora, e os anemômetros mostravam ventos bem acima de cem quilômetros por hora. Lá fora estava terrível, o vento açoitando aquela neve fina no rosto das pessoas como cascalho, rodopiando-a pelo vidro quebrado de janelas cujas portadas haviam sido arrancadas para alimentar fogueiras, espalhando-a pelos pisos rachados. Havia pouco calor e pouca comida em qualquer lugar da cidade, exceto dentro dos quatro edifícios em torno da Praça. Os gaal se amontoavam em cômodos vazios, queimando tapetes e portas quebradas e portadas e baús no meio do piso, esperando a tempestade passar. Eles não tinham provisões — a comida que tinham seguira com a Sulada. Quando o tempo virasse, eles poderiam caçar, e acabar com os moradores da cidade, e depois viver dos armazéns de inverno. Mas enquanto a tempestade perdurasse, os atacantes passariam fome.

Eles estavam no controle do passadiço, se é que isso lhes servia de alguma coisa. Vigias na Torre da Liga viram a única incursão hesitante deles para a Pilha terminar prontamente com uma chuva de lanças e a ponte levadiça erguida. Pouquíssimos foram vistos se aventurando nas praias sob as falésias de Landin na maré baixa; provavelmente tinham visto a maré subir de repente e não faziam ideia sobre a frequência e em que horário ela subiria de novo, pois eram do interior. Então a Pilha estava a salvo, e alguns dos paraverbalistas da cidade tinham entrado em contato com um ou outro dos homens e mulheres na ilha, o suficiente para saber que eles estavam se dando bem, e para dizer aos pais ansiosos que não havia nenhuma criança doente. A Pilha estava bem. A cidade, porém, tinha sido violada, invadida, ocupada; mais de uma centena de seus habitantes já haviam morrido em sua defesa, e o resto estava preso em alguns poucos edifícios. Uma cidade de neve, e sombras, e sangue.

Jakob Agat estava agachado em um cômodo de paredes cinza. O espaço estava vazio, exceto pelo colchão feito de feltro rasgado e detritos de vidro quebrado, por cima dos quais a neve havia se acumulado. A casa se encontrava silenciosa. Debaixo das janelas, ali onde o estrado estivera, ele e Rolery haviam dormido uma noite; ela o acordou de manhã. Agachado ali, como um invasor em sua própria casa, ele pensou em Rolery com uma ternura amarga. Uma vez — parecia há tanto tempo, doze dias atrás, talvez —, ele dissera neste mesmo cômodo que não podia viver sem ela; e agora, não tinha tempo, dia ou noite, sequer para pensar nela. Então me deixe pensar nela agora, pelo menos pensar nela, disse ele, iradamente, para o silêncio; no entanto, tudo em que podia pensar era que ambos tinham nascido na época errada. Na estação errada. Não se pode começar um amor no início da estação da morte.

O vento assoviava caprichosamente nas janelas quebradas. Agat estremeceu. Sentira calor o dia inteiro, quando não estava congelando de frio. O mostrador do termômetro ainda caía e muitos dos guerrilheiros de telhado estavam com problemas que os mais velhos diziam ser queimadura de frio. Ele se sentia melhor quando permanecia em movimento. Pensar não ajudava em nada. Levantando-se, foi até a porta pelo hábito de uma vida, depois se controlou, indo suavemente para a janela pela qual havia entrado. No piso térreo da casa ao lado, estava acampado um grupo de gaal. Ele podia ver as costas de um deles, perto da janela. Eram um povo de pele clara; o cabelo deles era escurecido e endurecido com algum tipo de piche ou betume, mas o pescoço curvado e musculoso para o qual Agat olhava agora era branco. Estranho o quanto era rara a chance de realmente ver seus inimigos. Você atirava à distância, ou golpeava e fugia, ou, como no Portão do Mar, lutava perto demais e rápido demais para olhar. Ele se perguntou se os olhos deles eram amarelados ou âmbar como os dos tevarianos; tinha a impressão de que eram cinzentos. Mas aquele não era o momento para descobrir. Ele escalou o peitoril, balançou-se pelo beiral e deixou sua casa pelo telhado.

Sua rota usual para a Praça estava bloqueada; os gaal começavam a participar também do jogo do telhado. Ele se livrou de todos os seus perseguidores rapidamente, exceto um, e aquele, armado com uma zarabatana, o seguia de perto, saltando sobre o vão de dois metros e meio entre duas casas que havia contido os outros. Agat teve que pular para uma ruela, levantar-se e fugir correndo.

Um guarda na barricada da rua Esmit, de olho exatamente nesse tipo de fuga, jogou uma escada de cordas para ele, e Agat subiu depressa. No instante em que chegou ao topo, um dardo atingiu sua mão direita. Ele veio deslizando dentro da barricada, retirou o dardo, chupou o ferimento e cuspiu. Os gaal não envenenavam seus dardos e flechas, mas pegavam aqueles que os homens de Landin atiravam neles e os reutilizavam, e alguns desses, é claro, estavam envenenados. Era uma demonstração bem clara de uma das razões para a canônica Lei do Embargo. Agat passou alguns minutos bem ruins esperando que a primeira câimbra o atingisse; então decidiu que tinha dado sorte e, logo a seguir, começou a sentir a dor do ferimento pequeno e feio em sua mão. Justo a mão de atirar.

O jantar estava sendo servido no Salão da Assembleia, sob os relógios dourados. Ele não comia nada desde o raiar do dia. Estava faminto até se sentar em uma das mesas com sua tigela de bhan quente e carne salgada, e então não conseguiu comer. Também não queria conversar, mas era melhor do que comer, então conversou com todos que se reuniram em torno dele, até soar o alarme do sino na torre acima deles: outro ataque.

Como sempre, o ataque se moveu de uma barricada para outra; como sempre, não resultou em muito. Ninguém conseguia executar um ataque prolongado naquele tempo inclemente. O que eles buscavam com essas escaramuças itinerantes, crepusculares, era a chance de um ou dois de seus homens se esgueirar para dentro da Praça por uma barricada momentaneamente desguarnecida para abrir as massivas portas de ferro nos fundos do Antigo Salão. Conforme a escuridão chegava, os atacantes foram sumindo. Os arqueiros, que disparavam das janelas superiores do Antigo Salão e do Colégio, cessaram fogo e logo gritaram, avisando que as ruas estavam livres. Como sempre, alguns defensores tinham sido feridos ou mortos: um arqueiro atingido na janela em que se encontrava por uma flecha vinda lá de baixo; um menino que, subindo alto demais na barricada para disparar lá para baixo, foi atingido na barriga com uma lança de ponta de ferro; vários feridos leves. Todo dia mais alguns eram mortos ou feridos, e havia menos deles para defender e lutar. A subtração de alguns poucos dos que já eram bem poucos…

Com calor e tremendo outra vez, Agat voltou depois disso. A maioria dos homens que estavam comendo quando o alarme soou retornaram para terminar de comer. Agat não tinha nenhum interesse em comida agora, exceto evitar o cheiro dela. Sua mão arranhada sangrava sempre que ele a utilizava, o que lhe dava uma boa desculpa para descer para a Sala de Registros, abaixo do Antigo Salão, e pedir para o curandeiro enfaixá-la para ele.

Era um recinto bem grande e de teto baixo, mantido a um calor e luz suave constantes, noite e dia, um bom lugar para guardar instrumentos e mapas e papéis antigos, e igualmente bom para abrigar homens feridos. Eles jaziam em estrados improvisados no piso recoberto de feltro, pequenas ilhas de sono e dor pintalgadas pelo silêncio da longa sala. Entre eles, Agat viu a esposa vindo em sua direção, como esperava ver. Aquela visão, a visão real e certa de Rolery, não suscitou nele aquela ternura amarga que havia sentido ao pensar nela; em vez disso, simplesmente lhe trouxe um prazer intenso.

— Olá, Rolery — murmurou ele, dando as costas para ela de imediato e encarando Seiko e o curandeiro Wattock, perguntando como estava Huru Pilotson. Ele não sabia mais o que fazer com o deleite; era dominado por ele.

— A ferida dele cresce — informou Wattock, em um cochicho.

Agat o olhou fixamente, depois percebeu que ele falava de Pilotson.

— Cresce? — repetiu ele, sem entender, e foi se ajoelhar ao lado de Pilotson.

Pilotson olhava para ele.

— Como vai, Huru?

— Você cometeu um erro muito grave — disse o ferido.

Eles conheciam um ao outro e tinham sido amigos a vida inteira. Agat soube de imediato e indubitavelmente o que estaria na cabeça de Pilotson: seu casamento. Mas ele não sabia o que responder.

— Não teria feito muita diferença — começou ele, finalmente, e então parou; não iria se justificar.

Pilotson disse:

— Não há o bastante, não há o bastante.

Só então Agat se deu conta de que seu amigo estava fora de si.

— Está tudo bem, Huru! — disse ele, com tanta autoridade que Pilotson, depois de um momento, suspirou e fechou os olhos, parecendo aceitar esse conforto vago.

Agat se levantou e foi de novo até Wattock.

— Olha, amarre isso aqui, por favor, para conter o sangramento. Qual é o problema com Pilotson?

Rolery trouxe tecido e fita. Wattock fez um curativo na mão de Agat com algumas voltas experientes.

— Alterra — começou ele —, eu não sei. Os gaal devem estar usando um veneno que nossos antídotos não conseguem curar. Eu tentei todos eles. Pilotson Alterra não é o único. Os ferimentos não fecham; eles incham. Veja este menino aqui. É a mesma coisa.

O menino, um guerrilheiro de rua de uns dezesseis anos, gemia e se debatia como se estivesse tendo um pesadelo. A ferida de lança em sua coxa não tinha sangramento visível, mas estrias vermelhas brotavam dela sob a pele e todo o ferimento parecia estranho, e muito quente ao toque.

— Você tentou antídotos? — perguntou Agat, desviando o olhar do rosto atormentado do menino.

— Todos eles. Alterra, o que isso me lembra é daquele ferimento que você recebeu no início do Outono daquele klois que você acuou na árvore. Lembra? Talvez eles façam algum veneno do sangue ou das glândulas dos klois. Talvez essas feridas desapareçam como aquela desapareceu. É, essa cicatriz mesmo.

Ele se virou para explicar para Seiko e Rolery:

— Quando ele era um jovem como este aqui, subiu em uma árvore atrás de um klois. Os arranhões que o bicho deu nele não pareciam nada sério, mas incharam e esquentaram e o deixaram doente. Mas depois de poucos dias, tudo foi embora sozinho.

— Este aqui não vai melhorar — disse Rolery bem baixinho para Agat.

— Por que você diz isso?

— Eu costumava... observar a curandeira do meu clã. Aprendi um pouco... Essas estrias, nessa perna aqui, são o que chamam de sendas da morte.

— Você conhece esse veneno, então, Rolery?

— Não acho que seja veneno. Qualquer ferimento profundo pode fazer isso. Até uma ferida pequena que não sangre, ou que fique suja. É o mal da arma…

— Isso é superstição — afirmou o idoso curandeiro, com ferocidade.

— Nós não pegamos o mal da arma, Rolery — disse Agat para ela, puxando-a defensivamente para longe do doutor indignado. — Nós temos uma…

— Mas o menino e Pilotson Alterra estão com isso, sim! Olha aqui…

Ela o levou para onde um dos tevarianos estava sentado, um camarada pequenino de meia-idade que voluntariamente mostrou a Agat o ponto onde sua orelha esquerda ficava antes que um machado a arrancasse. A ferida estava se fechando, mas estava inchada, quente, supurando…

Inconscientemente, Agat levantou a mão para seu próprio couro cabeludo, onde o seu próprio ferimento latejava, negligenciado.

Wattock os havia seguido. Olhando feio para o afável FOVIALI, disse:

— O que os FOVIALI locais chamam de "mal da arma" é, obviamente, infecção bacteriana. Você estudou isso na escola, Alterra. Como seres humanos não são suscetíveis a infecções por nenhuma forma de vida bacteriana ou viral, o único dano que podemos sofrer é dano aos órgãos vitais, hemorragia ou envenenamento químico, para o qual temos antídotos…

— Mas o menino está morrendo, Ancião — disse Rolery naquela voz suave e inflexível. — A ferida não foi lavada antes de receber pontos…

O velho médico ficou rígido de fúria.

— Volte para o meio de sua gente e não me diga como cuidar de humanos…

— Já chega — disse Agat.

Silêncio.

— Rolery — falou Agat —, se puderem liberar você aqui por algum tempo, pensei que poderíamos ir... — Ele estivera prestes a dizer "ir para casa". — Ir jantar, talvez — completou vagamente.

Ela não tinha comido; ele se sentou com ela na Sala da Assembleia e comeu um pouco. Em seguida, eles vestiram seus casacos para cruzar a Praça sem iluminação, varrida pelo vento sibilante até o edifício do Colégio, onde dividiam uma sala de aula com dois outros casais. Os dormitórios do Antigo Salão eram mais confortáveis, mas a maioria dos casais casados em que a esposa não tinha ido para a Pilha preferia ao menos essa semiprivacidade, quando podiam obtê-la. Uma das mulheres dormia profundamente atrás de uma fileira de mesas, enrolada em seu casaco. Mesas tinham sido viradas para selar as janelas quebradas contra pedras e dardos e vento. Agat e sua esposa colocaram os casacos no chão duro para servir como cama. Antes de deixá-lo dormir, Rolery pegou neve limpa no peitoril de uma janela e lavou com ela as feridas na mão e no couro cabeludo dele. Doeu e ele protestou, irritadiço pela fadiga; mas ela disse:

— Vocês são os Alterra... vocês não ficam doentes... mas isso não vai fazer mal nenhum. Mal nenhum...

# XIII

# O ÚLTIMO DIA

Em seu sono febril na fria escuridão do quarto empoeirado, Agat falava em voz alta às vezes, e em uma ocasião, enquanto ela dormia, ele a chamou em seu próprio sono, procurando-a através do abismo sem luz, chamando o nome dela de um ponto cada vez mais distante. A voz dele interrompeu os sonhos dela e a despertou. Ainda estava escuro.

A manhã chegou cedo: a luz brilhava ao redor das mesas viradas, deixando faixas brancas pelo teto. A mulher que estava lá quando ambos chegaram na noite anterior ainda dormia, exausta, mas o outro casal, que havia dormido em uma das escrivaninhas para evitar os sopros de vento, acordava. Agat se sentou, olhou ao redor e disse em sua voz rouca, com uma expressão aflita:

— A tempestade passou…

Deslizando uma das mesas de lado um pouco, eles espiaram lá fora e viram o mundo de novo: a Praça pisoteada, barricadas cobertas de neve, as grandes fachadas dos quatro edifícios com janelas fechadas, telhados cheios de neve mais além deles e, ao longe, um vislumbre do mar. Um mundo branco e azul, brilhantemente claro, as sombras azuis e todos os pontos tocados por uma luz do sol matinal estonteantemente branca.

Era muito lindo; mas era como se as paredes que os protegiam tivessem sido derrubadas durante a noite.

Agat estava pensando o mesmo que ela, pois falou:

— É melhor irmos até o Salão antes que eles percebam que podem subir nos telhados e nos usar para praticar tiro ao alvo.

— Podemos usar os túneis subterrâneos para ir de um prédio ao outro — disse um dos outros.

Agat assentiu.

— E vamos — disse ele. — Mas as barricadas precisam ser guarnecidas...

Rolery procrastinou até os outros terem saído, depois conseguiu persuadir o impaciente Agat a lhe permitir olhar para o ferimento em sua cabeça outra vez. Tinha melhorado ou, pelo menos, não tinha piorado. O rosto dele ainda exibia marcas da surra que levara dos parentes dela; as próprias mãos dela estavam machucadas por manusear pedras e cordas, e cheias de feridas que o frio agravava. Ela descansou as mãos surradas na cabeça surrada dele e começou a rir.

— Como dois velhos guerreiros — comentou ela. — Ah, Jakob Agat, quando formos para o país debaixo do mar, você vai ter seus dentes da frente de volta?

Ele olhou para ela sem entender e tentou sorrir, mas não conseguiu.

— Talvez, quando um distantino morre, ele volta para as estrelas, para os outros mundos — disse ela, e parou de sorrir.

— Não — discordou ele, levantando-se. — Não, nós ficamos bem aqui. Venha comigo, minha esposa.

Apesar de toda a luz brilhante do sol, do céu e da neve, o ar lá fora estava tão frio que doía respirar. Eles atravessavam apressadamente a Praça para as arcadas do Salão da Liga quando um barulho atrás deles os fez virar, Agat com sua arma de dardos já empunhada, ambos prontos para se esquivar e correr. Uma figura estranha pareceu voar aos berros por cima da barricada e caiu de cabeça dentro dela, a menos de seis metros de onde estavam: um gaal, com duas lanças espetadas entre suas costelas. Guardas nas barricadas encaravam e gritavam, arqueiros carregavam suas bestas às pressas, olhando para o alto, para um homem que gritava para eles de uma janela fechada no lado leste do edifício acima deles. O gaal morto jazia de bruços com o rosto enfiado na neve sangrenta e pisoteada, sob a sombra azul da barricada.

Um dos guardas correu até Agat, gritando:

— Alterra, deve ser o sinal para um ataque…

Outro homem, irrompendo da porta do Colégio, o interrompeu:

— Não, eu vi, tinha uma coisa perseguindo ele, por isso que estava gritando daquele jeito…

— Viu o quê? Ele atacou assim sozinho?

— Ele estava fugindo da coisa, tentando salvar a própria vida! Vocês não viram, vocês na barricada? Não é de se espantar que ele estivesse gritando. Branco, corre como um homem, com um pescoço que… Meu Deus, um pescoço assim, Alterra! A coisa veio pela esquina atrás dele, e aí voltou.

— Um ghoul das neves — disse Agat, e se voltou para Rolery em busca de confirmação.

Ela tinha ouvido as histórias de Wold e concordou.

— Branco e alto, e a cabeça indo de um lado para o outro…

Ela encenou a imitação macabra de Wold, e o homem que tinha visto a coisa da janela gritou:

— É isso aí.

Agat subiu na barricada para tentar avistar o monstro. Ela ficou lá embaixo, olhando para o morto, que estivera tão apavorado a ponto de correr contra as lanças do inimigo para escapar. Ela nunca tinha visto um gaal de perto, pois não fizeram nenhum prisioneiro, e seu trabalho vinha sendo no subterrâneo com os feridos. O corpo era pequeno e magro, coberto de gordura até que a pele, mais branca do que a dela, brilhasse como carne gorda; o cabelo ensebado trançado com penas vermelhas. Malvestido, com um trapo de feltro servindo de casaco, o homem estava caído em sua morte abrupta, o rosto enterrado como se ainda se escondesse da fera branca que o caçara. A garota permaneceu imóvel perto dele na sombra clara e gelada da barricada.

— Lá!

Ela ouviu Agat gritar acima dela na face interna da parede, íngreme e escalonada, construída de paralelepípedos e pedras dos despenhadeiros. Ele desceu até ela, os olhos em chamas, e a apressou para o Salão da Liga.

— Eu o vi apenas por um segundo quando ele cruzou a rua Otake. Estava correndo, balançando a cabeça na nossa direção. Essas coisas caçam em bandos?

Ela não sabia; sabia apenas da história de Wold de ter matado um ghoul das neves sozinho, em meio às neves míticas do Inverno passado. Eles levaram a notícia e a questão para dentro do refeitório lotado. Umaksuman disse, decididamente, que ghouls das neves com frequência andavam em bandos, mas os distantinos não aceitaram a palavra de um FOVIALI e precisaram consultar seus *livros*. O livro que trouxeram dizia que ghouls das neves tinham sido vistos depois da primeira tempestade no Nono Inverno, andando em um bando contendo entre doze e quinze.

— O que os livros dizem? Eles não fazem som nenhum. É como a mentefala que você usa comigo?

Agat olhou para ela. Estavam em uma das mesas compridas na Sala da Assembleia, bebendo a sopa de grama quente e rala que os distantinos gostavam; ou xá, como eles chamavam.

— Não... bem, é, um pouco. Escute, Rolery, eu vou lá fora daqui a um minuto. Você volte para o hospital. Não ligue para o mau humor de Wattock. Ele é um senhor e está cansado. Mas ele sabe muito. Não atravesse a praça se tiver que ir para outro edifício, use os túneis. Com os arqueiros gaal e aquelas criaturas… — Ele meio que deu uma risada. — O que vem depois, eu me pergunto?

— Jakob Agat, eu queria te perguntar…

No pouco tempo em que ela o conhecia, nunca soube com certeza em quantos pedaços o nome dele se dividia, e quais pedaços ela deveria usar.

— Eu escuto — disse ele, sério.

— Por que é que vocês não usam a mentefala com os gaal? Digam a eles para… para irem embora. Como você me disse na praia para correr para a Pilha. Como o seu pastor falou para os hann…

— Homens não são hann — disse ele; e ocorreu a ela que ele era o único entre todos eles que falava do povo dela e do dele e dos gaal como homens.

— A mulher, Pasfal, ela ouviu os gaal, quando o grande exército estava partindo para o sul.

— Sim. Pessoas com o dom e o treinamento podem escutar, mesmo à distância, sem a mente do outro perceber. É um pouco como o que qualquer um faz em uma multidão: sente o medo ou a alegria das pessoas; a mentefala vai além disso, mas é sem palavras. Mas a mentefala, e a recepção dela, é diferente. Um homem inexperiente, se você o chamar mentalmente, vai trancar a mente para isso antes de perceber que ouviu qualquer coisa. Especialmente se o que ele ouvir não for aquilo que ele mesmo deseja ou acredita. Não comunicantes têm uma defesa perfeita, geralmente. Na verdade, aprender comunicação paraverbal é, em boa parte, aprender a derrubar as próprias defesas.

— Mas os animais ouvem?

— Até certo ponto. Isso também é feito sem palavras. Algumas pessoas têm esse dom de transmitir para os animais.

É bastante útil para pastorear e caçar. Você nunca ouviu falar que distantinos são caçadores sortudos?

— Já, é por isso que são chamados de bruxos. Mas será que eu sou como um hann, então? Eu te ouvi.

— Ouviu. E você me chamou mentalmente uma vez, na minha casa. Acontece às vezes entre duas pessoas: não existem barreiras, nem defesas. — Ele drenou seu copo e olhou para cima, taciturno, observando o padrão do sol e dos mundos em volta dele na longa parede do outro lado do cômodo. — Quando isso acontece, é necessário que eles se amem. Necessário... eu não posso transmitir meu medo ou ódio contra os gaal. Eles não ouviriam. Mas se eu usasse isso contra você, poderia te matar. E você a mim, Rolery...

Então vieram querendo levá-lo lá para fora, para a Praça, e ele precisou deixá-la. Ela desceu para cuidar dos tevarianos no hospital, que era o trabalho designado para ela, e também para ajudar o menino distantino ferido a morrer: uma morte dura, que levou o dia inteiro. O velho curandeiro deixou que ela cuidasse do menino. Wattock estava amargo e irado, vendo como toda sua habilidade era inútil.

— Nós, humanos, não morremos da sua morte fétida! — explodiu ele, certa hora. — O menino nasceu com algum defeito no sangue!

Ela não se importava com o que ele dizia. Assim como o menino, que morreu em sofrimento, segurando a mão dela.

Novos feridos foram trazidos para a vasta sala quieta, um ou dois de cada vez. Somente assim eles souberam que devia estar havendo uma luta amarga lá em cima, sob a luz do sol na neve. Umaksuman foi carregado para lá, inconsciente por causa de uma atiradeira gaal. Ele ficou ali deitado, imponente com seus membros compridos, e Rolery olhou para ele com um orgulho embotado: um guerreiro, um irmão. Achou que ele estivesse quase morto, mas depois de um tempo ele se sentou, sacudindo a cabeça, e então se levantou.

— Que lugar é esse? — exigiu saber, e ela quase riu ao responder.

Os parentes de Wold eram difíceis de matar. Ele contou que os gaal estavam executando um ataque contra todas as barricadas de uma só vez, uma pressão incessante, como o grande ataque no Portão da Terra quando toda a força deles tentara escalar as muralhas subindo nos ombros uns dos outros.

— Eles são guerreiros estúpidos — disse ele, esfregando o galo acima de sua orelha. — Se ficassem nos telhados em volta dessa Praça por uma semana e atirassem flechas em nós, não nos restariam homens suficientes para guarnecer as barricadas. Tudo o que eles sabem é vir correndo todos de uma vez só, gritando...

Ele esfregou a cabeça de novo e perguntou:

— O que fizeram com a minha lança?

E então voltou ao combate.

Os mortos não eram levados lá para baixo, mas colocados em uma barraca aberta na Praça até poderem ser queimados. Se Agat tivesse sido morto, ela não teria ficado sabendo. Quando padioleiros chegavam com um novo paciente, ela erguia a cabeça com uma onda de esperança: se fosse Agat ferido, então ele não estava morto. Mas nunca era ele. Ela se perguntava se, quando fosse morto, ele gritaria em sua mente antes de morrer; e se esse grito a mataria.

Já tarde naquele dia interminável, Alla Pasfal, a mulher idosa, foi carregada para lá. Junto com certos outros distantinos mais velhos, ela havia demandado a perigosa tarefa de levar armas para os defensores das barricadas, o que significava atravessar correndo a Praça sem nenhum abrigo contra os disparos inimigos. Uma lança gaal perfurara sua garganta de um lado ao outro. Wattock pôde fazer pouca coisa por ela. Uma mulher pequenina e escura, ela jazia, moribunda, em meio aos jovens. Presa no olhar dela, Rolery se aproximou, com uma bacia de vômito sangrento nas mãos. Olhos duros, escuros e rasos feito rocha a fitaram, e Rolery a fitou de volta diretamente, embora não fosse algo que seu povo costumasse fazer.

A garganta com curativo se agitou, a boca se retorceu.

Derrubar as próprias defesas...

— Eu escuto! — disse Rolery em voz alta, na expressão formal de seu povo, a voz trêmula.

*Eles irão embora,* a voz de Alla Pasfal, cansada e fraca, falou em sua mente. *Eles vão tentar seguir os outros para o sul. Eles têm medo de nós, dos ghouls das neves, das casas e das ruas. Estão com medo; irão embora depois deste ataque. Diga para Jakob. Eu consigo ouvir, eu consigo ouvi-los. Diga a Jakob que eles irão... amanhã...*

— Direi a ele — falou Rolery, desatando a chorar.

Imóvel, sem fala, a moribunda a encarava com olhos como pedras escuras.

Rolery voltou ao seu trabalho, pois os feridos necessitavam de cuidados e Wattock não tinha nenhum outro assistente. E de que serviria sair para procurar Agat lá em cima, na neve ensanguentada, no barulho e na pressa, para contar a ele antes que o matassem que uma senhora louca e moribunda dissera que eles iriam sobreviver?

Ela continuou seu trabalho com lágrimas ainda escorrendo pelo rosto. Um dos distantinos, gravemente ferido, mas tranquilizado pelo maravilhoso remédio que Wattock usava, uma bolinha que, engolida, fazia a dor diminuir ou cessar por completo, perguntou a ela:

— Por que você está chorando?

Ele perguntou isso com sono e curiosidade, como uma criança poderia perguntar a outra.

— Não sei — respondeu Rolery. — Vá dormir.

Mas ela sabia, sim, embora vagamente, que estava chorando porque a esperança era intoleravelmente dolorosa, rompendo a resignação na qual ela vivia há dias; e a dor, já que ela era apenas uma mulher, a fazia chorar.

Não havia nenhum jeito de saber ali embaixo, mas o dia devia estar acabando, pois Seiko Esmit veio com comida quente em uma bandeja para ela e Wattock e aqueles dentre os feridos que podiam comer. Ela esperou para levar as tigelas de volta, e Rolery lhe informou:

— Pasfal Alterra, a senhora, está morta.

Seiko apenas assentiu. Seu rosto estava retesado e estranho. Ela disse, a voz aguda:

— Eles estão disparando flechas incendiárias agora, e jogando coisas em chamas dos telhados. Não conseguem invadir, então vão queimar os edifícios e os armazéns, e então poderemos todos morrer de fome no frio. Se o Salão pegar fogo, vocês ficarão presos aqui dentro. Queimados vivos.

Rolery comeu sua comida e não falou nada. O mingau de bhan quente tinha sido temperado com caldo de carne e ervas picadas. Os distantinos sitiados eram cozinheiros melhores do que o povo dela no meio da fartura do Outono. Ela terminou sua tigela e também a metade de outra que um ferido deixara, e mais um ou outro restinho, e levou a bandeja de volta para Seiko, apenas desejando que houvesse mais.

Ninguém mais desceu por um longo tempo. Os homens dormiam e gemiam durante o sono. Estava quente; o calor das lareiras a gás subia pelas grades, deixando a sala confortável como uma tenda aquecida por fogueira. Em meio à respiração dos homens, Rolery às vezes ouvia o tique, tique, tique das coisas de cara redonda nas paredes. Essas coisas e as caixas de vidro empurradas contra a parede, e as altas fileiras de *livros,* cintilavam em vislumbres marrons e dourados sob a luz suave e constante das lâmpadas a gás.

— Você deu a ele o analgésico? — cochichou Wattock, e ela fez que sim, dando de ombros.

O velho curandeiro parecia meio Ano mais velho do que era de fato quando se agachou ao lado de Rolery em uma mesa de estudos para cortar bandagens, as quais eles tinham ficado sem. Ele era um médico excelente, aos olhos de Rolery. Para agradá-lo em sua fadiga e desânimo, ela perguntou:

— Ancião, se não é o mal da arma que faz um ferimento apodrecer, o que é?

— Ah!... criaturas. Bichinhos pequenos demais para se ver. Eu só poderia mostrá-los para você com um vidro especial, como aquele naquela caixa logo ali. Eles vivem em quase todo lugar; estão na arma, no ar, na pele. Se entram no sangue, o corpo resiste a eles e a batalha é o que causa o inchaço e tudo aquilo. É o que dizem os livros. Não é nada que já tenha me preocupado como médico.

— Por que as criaturas não mordem os distantinos?

— Porque não gostam de estrangeiros. — Wattock riu da própria piadinha. — Nós somos estrangeiros, sabe. Não podemos sequer digerir a comida daqui se não tomarmos doses periódicas de certos enzimoides. Temos uma estrutura química que é levemente diferente da norma orgânica local, e isso aparece no citoplasma... você não sabe o que é isso. Bem, o que isso quer dizer é que somos feitos de um material levemente diferente do de vocês, FOVIALI.

— É por isso que vocês têm a pele escura, e nós, clara?

— Não, isso não tem importância. Variações totalmente superficiais, coloração e estrutura dos olhos e tudo o mais. Não, a diferença é em um nível mais profundo, e é bem pequena... uma molécula na cadeia hereditária — disse Wattock com prazer, pegando gosto em sua aula. — Isso não causa nenhuma grande divergência do Tipo Comum de Hominídeos em vocês, FOVIALI; foi o que os primeiros colonos escreveram, e eles sabiam. Mas isso quer dizer que não podemos nos reproduzir com vocês; nem digerir comida orgânica local sem ajuda; nem reagir aos seus vírus... Embora, na verdade, esse negócio dos enzimoides seja um pouco de exagero. Parte do esforço para agir exatamente como a Primeira Geração agia. Pura superstição, em parte. Eu já vi pessoas voltando de longas viagens de caça, ou os refugiados de Atlantika na Primavera passada, que ficaram sem tomar uma injeção ou um comprimido de enzimoide por duas ou três fases lunares, mas não tinham deixado de digerir. A vida, afinal, tende a se adaptar.

Enquanto dizia isso, Wattock ficou com uma expressão muito estranha e a encarou. Ela se sentiu culpada, já que não fazia ideia do que ele estivera lhe explicando: nenhuma das palavras-chave eram palavras na língua dela.

— A vida faz o quê? — inquiriu ela timidamente.

— Se adapta. Reage. Muda! Com pressão suficiente, e gerações suficientes, a adaptação favorável tende a prevalecer... Será que a radiação solar funciona a longo termo a favor de algo como uma norma bioquímica local?... Todos os abortos espontâneos e natimortos seriam então adaptações excessivas, ou talvez incompatibilidades entre a mãe e um feto normalizado... — Wattock parou de gesticular com sua tesoura e se debruçou sobre seu trabalho de novo, mas dali a um momento estava se levantando outra vez em seu jeito intenso e absorto e resmungando: — Estranho, estranho, estranho!... Isso implicaria que fertilização cruzada poderia ocorrer, sabe.

— Eu escuto de novo — murmurou Rolery.

— Que homens e FOVIALI poderiam reproduzir juntos!

Isso ela finalmente entendeu, mas não entendia se ele dizia isso como fato ou desejo ou temor.

— Ancião, sou estúpida demais para escutar você — disse ela.

— Você entendeu o bastante — falou uma voz por perto: Pilotson Alterra, acordado. — Então você acha que finalmente viramos uma gota dentro do balde, Wattock?

Pilotson tinha se apoiado no cotovelo. Seus olhos escuros reluziam no rosto escuro, quente, magro.

— Se você e vários dos outros têm ferimentos infeccionados, então esse fato precisa ser explicado de alguma forma.

— Maldita adaptação, então. Maldita seja sua fertilização cruzada e sua fertilidade! — exclamou o doente, e olhou para Rolery. — Desde que nos reproduzimos com pureza, somos Homens. Exilados, alterranos, humanos. Fiéis ao conhecimento e às Leis do Homem. Agora, se pudermos nos reproduzir com os FOVIALI, a nossa gota de sangue humano se perderá antes que outro Ano se passe. Diluída, dispersada até virar nada. Ninguém montará esses instrumentos, nem lerá esses livros. Os netos de Jakob Agat se sentarão batendo pedras uma na outra e gritando até o fim dos tempos... Malditos sejam vocês, bárbaros idiotas, não conseguem deixar os homens em paz, sozinhos!

Ele tremia de febre e fúria. O velho Wattock, que vinha mexendo em um de seus pequenos dardos ocos e o enchendo, agora estendia o braço daquele seu jeito médico e espetava o pobre Pilotson no antebraço.

— Deite-se, Huru — disse ele.

Com uma expressão confusa, o ferido obedeceu, dizendo em uma voz espessa:

— Não ligo se eu morrer por causa de uma de suas infecções imundas, mas seus moleques imundos, mantenha-os longe daqui, mantenha-os fora da... fora da Cidade...

— Isto vai contê-lo por um tempo — disse Wattock, suspirando.

Ele ficou em silêncio enquanto Rolery continuava preparando curativos. Ela era hábil e constante nessa tarefa. O velho médico a observava com uma expressão taciturna.

Quando ela se endireitou para relaxar as costas, viu que o idoso também tinha adormecido, uma pilha escura de pele e ossos amontoada no canto atrás da mesa. Continuou trabalhando, se perguntando se havia entendido o que ele dissera, e se ele estava falando sério: que ela poderia gerar um filho de Agat.

Ela havia se esquecido por completo que Agat poderia muito bem já estar morto, até onde ela sabia. Ficou sentada em meio ao sono de homens feridos, debaixo da cidade arruinada cheia de morte, e matutou em silêncio sobre o acaso da vida.

# XIV

# O PRIMEIRO DIA

O frio apertou quando a noite caiu. A neve que havia derretido sob o sol congelou, tornando-se gelo escorregadio. Escondidos nos telhados ou sótãos vizinhos, os gaal disparavam suas flechas com ponta de piche, que arqueavam em vermelho e dourado como pássaros de fogo pelo frio ar crepuscular. Os telhados dos quatro edifícios sitiados eram de cobre, as paredes, de pedra; nenhum fogo pegou. Os ataques às barricadas cessaram, mais nenhuma flecha de ferro ou fogo foi disparada. De pé sobre a barricada, Jakob Agat viu anoitecerem as ruas inclinadas e vazias entre as casas escuras.

A princípio, os homens na Praça esperaram por um ataque noturno, pois os gaal estavam obviamente desesperados; mas foi esfriando, e esfriando ainda mais. Finalmente, Agat ordenou que fosse mantido apenas um mínimo de vigias, e deixou a maioria dos homens cuidarem de seus ferimentos e buscarem comida e repouso. Se eles estavam exaustos, os gaal também deveriam estar, e eles ao menos estavam vestidos para aquele frio, enquanto os gaal, não. Mas nem mesmo o desespero empurraria os nortenhos para fora de casa nessa claridade horrível, iluminada pelas estrelas, em seus trapos escassos de pele e feltro. Assim, os defensores dormiram, muitos em seus postos, encolhidos nos salões e junto das janelas de edifícios quentes. E os sitiantes, sem comida, se espremeram em volta de fogueiras acesas em salas altas de pedra; e os mortos deles jaziam, membros enrijecidos, na neve recoberta de gelo abaixo das barricadas.

Agat não queria dormir. Ele não podia ir para dentro dos prédios e deixar a Praça onde, o dia todo, eles haviam lutado por suas vidas, e que agora se encontrava tão silenciosa sob as constelações de Inverno. A Árvore; e a Seta; e a Trilha de cinco estrelas; e a própria Estrelaneve, feroz acima dos telhados a leste: as estrelas do Inverno. Elas ardiam como cristais no profundo e frio breu lá no alto.

Ele sabia que esta era a última noite — a sua própria, ou de sua cidade, ou a última noite de batalha —, qual delas, ele não sabia. Conforme as horas se passavam, e a Estrelaneve subia, e o silêncio absoluto cobria a Praça e as ruas ao redor dela, algo como uma exultação o dominou. Eles dormiam, todos os inimigos no interior das muralhas desta cidade, e era como se apenas ele estivesse desperto; como se a cidade pertencesse, com todos os seus adormecidos e todos os seus mortos, apenas a ele. Esta era a sua noite.

Ele não a passaria trancado em uma armadilha dentro de outra. Com um aviso ao guarda sonolento, ele escalou a barricada da rua Esmit e se jogou do outro lado.

— Alterra! — chamou alguém, em um sussurro rouco.

Ele apenas se virou e gesticulou para que mantivessem uma corda a postos para ele subir de volta, e prosseguiu, bem pelo meio da rua. Ele sentia uma convicção da própria invulnerabilidade com a qual seria má sorte discutir. Ele a aceitou e andou pela rua escura em meio a seus inimigos como se estivesse dando um passeio depois de jantar.

Passou por sua casa, mas não se virou. Estrelas eram eclipsadas atrás dos cumes pretos dos telhados e ressurgiam, seus reflexos cintilando no gelo sob seus pés. Perto da área mais alta da cidade, a rua se estreitava e virava de leve entre as casas que tinham sido abandonadas desde antes de Agat nascer, e depois se abria subitamente na pracinha sob o Portão da Terra. As catapultas ainda se encontravam lá, parcialmente destruídas e desmontadas pelos gaal para servir de lenha, cada uma com uma pilha de pedras do lado. Os próprios portões altos tinham sido abertos em algum momento, mas estavam agora trancados outra vez e congelados assim. Agat subiu os degraus ao lado de uma das torres do portão para um posto na muralha; lembrava de ter olhado para baixo daquele posto, logo antes de a neve começar, para toda a força de batalha dos gaal, uma maré de homens rugindo como a maré na praia lá embaixo. Se eles tivessem tido mais escadas, tudo poderia ter terminado naquele dia... Agora, nada se movia; nada fazia som algum. Neve, silêncio, luz das estrelas sobre o declive e as árvores mortas e carregadas de gelo que o coroavam.

Ele olhou para trás, para o oeste, para toda a Cidade do Exílio: uma pequena bagunça de telhados que desciam na direção oposta a seu posto elevado na muralha sobre a falésia. Acima daquele punhado de pedras, as estrelas se moviam lentamente para o oeste. Agat se sentou ali, sem se mover, frio mesmo com suas roupas de couro e peles pesadas, assoviando uma melodia baixinho.

Finalmente, sentiu o cansaço do dia o alcançar e desceu de seu poleiro. Os degraus estavam gelados. Ele escorregou no penúltimo degrau, impedindo sua queda agarrando-se à parede grosseira da muralha, e depois, ainda tropeçando, levantou a cabeça quando um movimento lhe chamou a atenção do outro lado da pracinha.

No abismo escuro da abertura de uma rua entre as paredes de duas casas, algo branco se movia, um oscilar leve como uma onda vista no escuro. Agat encarou, intrigado. E então aquilo saiu para o cinza vago da luz das estrelas: uma figura branca, alta e magra correndo na direção dele tão depressa quanto um homem, a cabeça no pescoço comprido e curvado balançando um pouco para lá e para cá. Conforme se aproximava, ela emitia um chilreado, um sibilar.

Sua arma de dardos estava em sua mão o tempo todo, mas a mão estava endurecida pelo ferimento do dia anterior e a luva o atrapalhava: ele disparou e o dardo acertou, mas a criatura já estava sobre ele, os braços curtos terminados em garras se estendendo, a cabeça esticada para a frente, oscilando e bamboleando, a boca redonda escancarada cheia de dentes. Ele se jogou para baixo contra as pernas da criatura em um esforço para derrubá-la e escapar do primeiro ataque daquela boca mordaz, mas a criatura foi mais rápida que ele. Mesmo enquanto caía, ela se virou e o pegou, e ele sentiu as garras nos bracinhos de aparência débil rasgarem o couro de seu casaco e suas roupas, e sentiu que estava preso. Uma força terrível inclinou sua cabeça para trás, expondo sua garganta; e ele viu as estrelas girarem no céu lá no alto e se apagarem.

E então ele estava tentando se levantar, andando sobre os joelhos e as mãos nas pedras geladas ao lado de um volume enorme e fétido de pelos brancos que se contraía e estremecia. Cinco segundos foi o que o veneno na ponta do dardo levou para agir; quase um segundo a mais do que ele tinha. A boca redonda ainda se abria e se fechava, as pernas, com seus pés achatados, espalmados como raquetes, se moviam como se o ghoul das neves ainda estivesse correndo. Ghouls das neves caçam em bandos, disse a memória de Agat de súbito, enquanto ele ficava ali tentando recuperar o fôlego e a coragem. Ghouls das neves caçam em bandos... Ele recarregou sua arma, atrapalhado, mas metódico, e com ela de prontidão, começou a voltar pela rua Esmit; sem correr para não escorregar no gelo, mas não a passeio também. A rua ainda estava vazia, e serena, e muito comprida.

Contudo, conforme se aproximava da barricada, ele assoviava de novo.

Ele dormia profundamente na sala no Colégio quando o jovem Shevik, o melhor arqueiro deles, veio acordá-lo sussurrando com urgência:

— Venha, Alterra, venha, acorde, você tem que vir...

Rolery não tinha vindo durante a noite; os outros que dividiam a sala ali ainda estavam todos dormindo.

— O que é, qual é o problema? — resmungou Agat, de pé e já lutando para vestir o casaco rasgado.

— Venha para a Torre. — Foi tudo o que Shevik disse.

Agat o seguiu, primeiro com docilidade, e então, acordando de vez, começando a compreender. Eles atravessaram a Praça, cinzenta com a primeira luz deprimente, subiram correndo a escada circular da Torre da Liga e olharam para a cidade. O Portão da Terra estava aberto.

Os gaal estavam reunidos do lado de dentro e saíam por ele. Era difícil enxergá-los na penumbra antes do sol nascer; havia entre mil e dois mil deles, supunham os homens junto de Agat, mas era difícil dizer. Eles eram apenas sombras, manchas em movimento sob as muralhas e na neve. Eles se enfileiravam para fora do Portão em nós e grupos, desaparecendo um após o outro sob as muralhas e ressurgindo mais adiante na encosta da colina, trotando em uma fila longa e irregular, indo para o sul. Antes que tivessem ido longe, a luz parca e as dobras da colina os esconderam; antes que Agat parasse de observar, porém, o leste ficara claro e uma radiância fria chegou à metade do céu.

As casas e ruas íngremes da cidade se encontravam muito quietas na luz da manhã.

Alguém começou a tocar o sino na torre acima da cabeça deles, um clamor e clangor contínuo de bronze no bronze desnorteantes. Tapando os ouvidos com as mãos, os homens na torre desceram correndo, encontrando outros homens e mulheres na metade do caminho. Eles riam e gritavam para Agat e o alcançaram, mas ele desceu correndo a escadaria oscilante, o júbilo insistente do sino martelando em seus ouvidos, e entrou no Salão da Liga. No cômodo vasto, lotado e ruidoso onde sóis dourados pairavam nas paredes e os anos e Anos eram contados em botões dourados, ele procurou a alienígena, a estranha, sua esposa. Finalmente a encontrou e, pegando as mãos dela, disse:

— Eles se foram, eles se foram, eles se foram...

Então ele se virou e urrou com toda a força de seus pulmões para todo mundo:

— Eles se foram!

Todos rugiram para ele em resposta e uns para os outros, rindo e chorando. Após um minuto, ele disse para Rolery:

— Venha comigo, vamos para a Pilha.

Inquieto, exultante, desconcertado, ele queria estar em movimento, sair para a cidade e se certificar de que ela era deles de novo. Ninguém mais tinha saído da Praça ainda, e enquanto eles atravessavam a barricada oeste, Agat sacou sua arma de dardos.

— Eu tive uma aventura ontem à noite — contou ele para Rolery.

Ela, olhando para o rasgo no casaco dele, disse:

— Eu sei.

— Eu o matei.

— Um ghoul das neves?

— Isso.

— Sozinho?

— Isso. Nós dois, felizmente.

A expressão solene no rosto dela enquanto seguia ao seu lado apressadamente o fez rir alto de prazer.

Eles saíram para o passadiço, correndo no vento gelado entre o céu claro e a água escura e cheia de espuma.

A notícia, é claro, já havia sido dada pelo sino e pela mentefala, e a ponte levadiça da Pilha foi abaixada assim que Agat pôs os pés na ponte. Homens e mulheres e criancinhas sonolentas e embrulhadas em peles vieram correndo se encontrar com eles, com mais gritos, perguntas e abraços.

Atrás das mulheres de Landin, as mulheres de Tevar hesitavam, temerosas e sem regozijo. Agat viu Rolery se aproximar de uma delas, uma jovem com cabelo desgrenhado e rosto sujo. A maioria delas tinha cortado o cabelo curto e parecia desleixada e imunda, assim como os poucos FOVIALI que haviam ficado na Pilha. Um pouco repugnado por esse ponto de sujeira nesta manhã brilhante de vitória, Agat falou com Umaksuman, que havia ido reunir os homens de sua tribo. Eles se postaram na ponte levadiça, sob a muralha da fortaleza preta. Homens e mulheres FOVIALI se juntaram em torno de Umaksuman, e Agat levantou a voz para que todos pudessem ouvir.

— Os Homens de Tevar defenderam nossas muralhas lado a lado com os Homens de Landin. Eles são bem-vindos para ficar conosco ou para nos deixar, como quiserem. Os portões da minha cidade estão abertos para vocês, o Inverno todo. Vocês são livres para saíram por eles, mas são bem-vindos para ficarem dentro deles!

— Eu escuto — disse o nativo, abaixando sua cabeça loira.

— Mas onde está o Ancião, Wold? Queria contar a ele...

Então Agat viu os rostos sujos de cinza e as cabeças desgrenhadas com outros olhos. Eles estavam de luto. Entendendo isso, ele se lembrou de seus próprios mortos, seus amigos, seus parentes; e a arrogância do triunfo o deixou.

Umaksuman disse:

— O Mais Antigo Ancião de meu Clã foi para debaixo do mar com seus filhos que morreram em Tevar. Ontem ele partiu. Eles estavam acendendo a fogueira da manhã quando ouviram o sino e viram os gaal indo para o sul.

— Eu gostaria de observar essa fogueira — disse Agat, pedindo a permissão de Umaksuman.

O tevariano hesitou, mas um homem mais velho ao lado dele disse com firmeza:

— A filha de Wold é a esposa deste homem: ele tem o direito do clã.

Então eles o deixaram ir, com Rolery e todos os que restavam do povo dela, para um terraço alto do lado de fora de uma galeria no lado da Pilha voltado para o mar. Lá, em uma pira de madeira cortada, repousava o corpo do idoso, poderoso e deformado pela idade, embrulhado em um tecido vermelho, a cor da morte. Uma criança acendeu a tocha e o fogo ardeu, vermelho e amarelo, sacudindo o ar, empalidecido pela fria luz do sol ao amanhecer. A maré recuava, triturando e trovejando nas rochas abaixo dos paredões pretos. A leste, além das colinas da Faixa Askatevar e a oeste, acima do mar, o céu estava límpido, mas ao norte, uma penumbra azulada se espalhava: o Inverno.

Quinhentas noites de Inverno, quinhentos dias: o resto da juventude deles e talvez o resto de suas vidas.

Contra aquela escuridão distante e azulada no norte, nenhum triunfo era visível. Os gaal pareciam uma pequena corrida de vermes, já sumidos, fugindo diante do inimigo verdadeiro, o verdadeiro senhor, o senhor branco das Tempestades. Agat se postou ao lado de Rolery em frente à fogueira da morte que afundava, na alta fortaleza sitiada pelo mar, e lhe pareceu então que a morte do mais velho e a vitória do mais jovem eram a mesma coisa. Nem o luto, nem o orgulho continham tanta verdade quanto a alegria, a alegria que tremulava no vento frio entre céu e mar, brilhante e breve como o fogo. Esta era sua fortaleza, sua cidade, seu mundo; esta era sua gente. Ele não era um exilado aqui.

— Venha — disse para Rolery quando a fogueira queimou até virar cinzas —, venha, vamos para casa.

Este livro foi impresso nas oficinas gráficas da Editora Vozes Ltda.,
Rua Frei Luís, 100 – Petrópolis, RJ.